新訳

ナルニア国物語 4

銀の椅子

C・S・ルイス
河合祥一郎＝訳

角川文庫
22564

The Chronicles of Narnia,
The Silver Chair
by C. S. Lewis 1953

目次

登場人物

ジル・ポウル
いつもいじめられてる女の子。
ユースタスの同級生。

ユースタス・スクラブ
ペベンシー家四人兄妹のいとこ。
第3巻でルーシーたちとナルニアへ行った。

グリムフェザー
ナルニアのかしこいフクロウ。

沼むっつり
根暗な沼人。二人の冒険の案内人。

カスピアン王
第2、3巻にも登場したナルニアの王。
今やすっかり高齢で見る影もない。

トランプキン
がんこな赤こびとの摂政。
第2巻にも登場。

緑の衣の貴婦人
巨人の国の荒野で出会う謎の女性。

黒い騎士
貴婦人につきしたがう無言の剣士。

アスラン
聖なる森の王で最強のライオン。

エティン荒野と
地下の国
ナルニア国
エティン荒野
東の沼
沼むっつりの沼
巨人の橋
廃都の都
巨人の館
ハルファング
巨人たちが石を
投げていた断崖
シュリブル川
〈地下の国〉への入口
地下の国
時の翁
闇の城
太陽のない海
ビズム国
絵／杉浦のぼる
ナルニア国とエティン荒野
ハルファング
廃都の都
エティン荒野
巨人の橋
シュリブル川
東の沼
ナルニア国
ケア・パラベル

四つのしるし

第一に、ユースタス少年がナルニアに足を踏み入れたらすぐに、ある年老いた親愛なる友に会うだろう。少年は直ちにその友に挨拶をしなければならない。そうすれば、きみたちふたりは、よい助けが得られるだろう。

第二に、ナルニアから出て、北へむかい、古の巨人たちの廃墟の都へ行きなさい。

第三に、その廃墟の都で、岩に刻まれた言葉を見つけ、その言葉のとおりにしなさい。

第四のしるしによって、それが求める王子であるとわかるだろう。すなわち、わが名アスランの名にかけてなにかをしてほしいとたのむ最初の人と出会えば、それが求める王子である。

これまでの『ナルニア国物語』

ひねくれもののユースタスは、いとこのルーシー、エドマンドとともに、異世界ナルニアに迷いこむ。そこでカスピアン王と出会い、世界の果てをめざす《夜明けのむこう号》の船旅に同行するが、それはユースタスにとって、その嫌な性格がすっかり変わってしまうような衝撃的な旅だった。人が竜に変身する島、すべてを黄金に変える湖、悪夢が現実になる島――。船はついに世界の果て《アスランの国》にたどりつき、三人は聖なるライオン、アスランと出会い、一生忘れられない不思議な体験をする。そして無事、現実世界へと帰ってきたのだった。

-新訳-

ナルニア国物語

4

銀の椅子

第一章

体育館の裏で

どんよりした秋の日のことだ。ジル・ポウルという名前の女の子が、体育館の裏で泣いていた。

いじめられて泣いていたのだ。この話は学校が舞台の物語ではないし、ジルの学校の話はあまりゆかいでもないので、できるだけかんたんにすませよう。ジルの学校は、男の子と女の子が通う「共学」で、かつては「男女ごちゃまぜ」などと言われたが、ごちゃごちゃなのはこういう学校を経営する人たちの頭のなかではないかと言う人もいた。経営者たちの考えでは、男女ともに、やりたいことをやらせるべきだというのである。だが、残念なことに、最年長の生徒が十人から十五人ほど集まると、なにをやりたがるかというと、いじめなのだ。ふつうの学校だったら、すぐ見つかって学期のとちゅうでやめさせられるようなひどいことが、この学校では、つづいていた。たとえやめさせられたとしても、いじめた子が退学になったり、罰せられたりはしなかった。校長先生は、興味深い心理的問題だとか言って、その子たちを呼んで何時間も話しこむしまつだった。そして、校長先生を相手にどんなことを言えばよいか心得ている子なら、逆に校長先生のお気に入りになったりしたのだ。

そうしたわけで、ジル・ポウルは、そのどんよりとした秋の日に、体育館の裏と植えこみのあいだのじめじめした小道にかくれて泣いていた。しかも、泣きやまないうちに、ポケットに手をつっこんだ男の子が口笛を吹きながら体育館の角を曲がってやってきて、もう少しでぶつかりそうになった。

「前を見て歩きなさいよ」と、ジル・ポウルは言った。

「まあまあ、なにもそんなにつっかからなくても――」男の子はそう言ってから、ジルの顔に気づいた。「なんだ、ポウルさんじゃないか。どうしたの？」

ジルは、ただ顔をしかめてみせただけだった。なにか言おうとしたらまた泣いてしまいそうな顔つきだ。

「また、あいつらか。」男の子は、いっそう両手をポケットに深くつっこみながら、しぶい顔をした。

ジルはうなずいた。なにか言えたとしても、言う必要はなかった。ふたりには、わかっていたのだ。

「ねえ、いいかい」と、男の子は言った。「こんなんじゃだめだよ、ぼくら――」

男の子に悪気はなかったのだが、まるで説教をするかのような口調になってしまったので、ジルは急にむしゃくしゃした。（泣いているところをじゃまされると、かっとなりやすいものだ。）

「もう、どっかに行ってよ。あんたの知ったこっちゃないわ。だれもあんたに、よけいなおせっかいなんかたのんでないでしょ？　なのに、ぼくらがどうすべきかなんて言いはじめたりなんかして、ずいぶんごりっぱじゃないの？　どうせ、あいつらにへいこら、こびへつらって、ごますりゃいいって言うんでしょ、あんたがそうしてるみたいに。」

「なんだって！」男の子は、思わず植えこみのはしの草の生えたふちにすわりこんだものの、草がびしょぬれだったために、すぐに立ちあがって言った。男の子の名前は、残念ながらユースタス・スクラブというへんてこな名前だったが、悪い子ではなかった。

「ポウルさん！　そりゃ、ないだろ？　そんなこと、今学期は、ぼく、やってないだろ？　あのウサギのことだって、カーターにがんと立ちむかったじゃないか。それに、スピヴィンズの秘密だって守っただろ？　痛い目にあわされても。それに――」

「知ぃらない。どうだっていいわ。」ジルは、すすり泣いた。

ユースタス・スクラブは、ジルがまだ興奮しているのに気づいて、とても気をきかせてハッカ入りのあめをあげると、自分の口にも放りこんだ。やがて、ジルは、さっきよりおちついて考えられるようになった。

「ごめんね、スクラブくん。」ジルは、しばらくすると言った。「あたし、言いすぎたわ。あんた、へつらったりとかしたわけじゃなかったもんね――今学期は。」

「じゃあ、先学期のことは忘れてくれよ。あのときのぼく、今とちがってた。――ほんと！　なんて嫌なやつだったんだろ。」

「そうよ、正直、嫌なやつだったわ。」

「じゃあ、ぼくが変わったって、きみ、思う？」

「あたしだけじゃないわ」と、ジル。「みんな、そう言ってるわ。あいつらも気づいてる。きのう、アディラ・ペニファーザーが更衣室でその話をしたのをエレノア・ブラキストンが聞いてて、こう言ったわ。『だれかが、あのスクラブのやつを子分にしたらしい。今学期、手に負えなかったからね。こんどは、あいつに焼きを入れなきゃ』って。」

ユースタスは身ぶるいをした。この実験校の生徒なら、あいつらに「焼きを入れられる」ことがどういうことかわかっていたのだ。

ふたりとも、しばらくだまりこんでしまった。月桂樹の葉っぱから、しずくがポタポタしたたり落ちていた。

「どうしてそんなに先学期から、変わったの？」やがて、ジルが言った。

「夏休みのあいだに、いろいろ妙なことがあってね。」ユースタスは、思わせぶりに言った。

「どんなこと？」と、ジル。

ユースタスは、かなり長いあいだ、なにも言わなかった。それからやっとこう言った。

「いいかい、ポウルさん。きみとぼくは、この学校が大嫌いだよね？」

「そうよ」と、ジル。

「じゃあ、きみのこと、信用するよ。」

「そりゃ、どうも」と、ジル。

「うん。でも、これって、ほんと、すごい秘密なんだ。ポウルさん、ねえ、きみって、ありえない話でも信じることできるかな？　この学校のみんなが笑うようなことなんだけど？」

「やってみたことないけど、できるんじゃないかな。」

「信じてもらえるかな、ぼくが、こないだの夏休みに、この世界から出て――この世界の外に――行ってきたって言ったら？」

「なんのことか、わかんない。」

「じゃあ、世界のことは、まあいいや。かりにだよ、ぼくが行ったところでは、動物が口をきいて、そのぅ、まじないとか、ドラゴンとか、えっと、おとぎばなしに出てくるようないろんなことがあったんだってきみに話したら――」ユースタスは、こう言いながら、ひどくどぎまぎしてきて、顔を赤らめた。

「どうやって行ったの？」と、ジルは言った。ジルもまた、へんにはずかしがっていた。

「そこには――魔法でなきゃ行けないんだ。」ユースタスは、ほとんどささやくようにして言った。「ぼく、ふたりのいとこと、いっしょだったんだ。ぼくら、ひょいっと――連れていかれたんだよ。ふたりは、前に行ったことがあったんだけど。」

ひそひそ声で話していると、ジルは、なんだかこの話を信じられるような気がしてきた。ところがふいに、ひどい疑いにおそわれて言った。（ものすごくこわい感じで言ったので、一瞬、メスライオンみたいだった。）

「あたしをからかってるなら、もう二度とあんたとは口をきかない。絶対、絶対、絶対。」

「からかってないよ」と、ユースタス。「ほんとだよ。誓ってもいいよ――すべてにかけて。」

（私が学校に通っていたころは、「聖書にかけて誓う」なんて言ったものだが、この実験校では、聖書は読むようにすすめられていなかったのだ。）

「わかったわ。信じるわ」と、ジル。

「だれにも言わない？」

「あたしをなんだと思ってるの？」

こんな話をするうちに、ふたりはとても興奮していた。けれども、そう言ってから、ジルがあたりを見まわして、どんよりした秋空を目にし、葉っぱからしずくが落ちるのを聞きながら、この実験校のつまらなさにうんざりしたとき（一学期は十三週間だったが、まだ十一週間も残っていた）、ジルはこうつづけた。

「でも結局、それがなんなの？　あたしたち、そこにいるわけじゃないし。ここにいるんだよ。しかも、そんなとこなんかに行けないでしょ？　行けるっていうの？」

「行けるかもって考えてたんだ。その場所からもどってきたとき、だれかが言ったんだよ。ペベンシー家のふたりの子ども（ってのは、ぼくのふたりのいとこだよ）は、もう二度とそこへもどってくることはないってね。ふたりはそこへ行くのは三度めだったんだ。もうじゅうぶんってことだったんだろうな。だけど、そのひとは、ぼくにはそう言わなかった。ぼくが二度とそこへ行けないんだったら、そう言ったはずでしょ？　だから、ひょっとして、ぼくら、もしかすると――？」

「なにかしたら、そこへ行けるかもしれないってこと？」

ユースタスは、うなずいた。

「それじゃ、地面にまるを描いて——そのなかにへんてこな文字を書いて——そこに立って、おまじないとか言ったりするってこと？」

「えっと」と、ユースタスは、少しのあいだ、まじめに考えてから言った。「ぼくが思ってたのも、そんなようなことだったけど、やったことはないんだ。だけど、考えてみると、そんなまるを描いたりするのって、ばかみたいだよね。あのひとは、そんなの好きじゃないんじゃないかな。まるで、ぼくらが、あのひとを思いどおりにできるみたいだもん。でも、ほんとのところは、あのひとにおねがいするしかないんだ。」

「あのひとって、だれなの？」

「むこうでは、アスランって呼んでた。」

「変わった名前！」

「本人はもっと変わってるよ」と、ユースタスは重々しく言った。「でも、やってみようよ。ただおねがいするだけなら、悪いことはないさ。横にならんで、こんなふうに。それで、手のひらを下にして、腕を前に出すんだ。ラマンドゥの島でやってたみたいに。」

「なんの島ですって？」

「その話は、またこんどするよ。東をむいたほうがいいだろな。えっと、東はどっち？」

「わかんない」と、ジル。

「方角がわからないってのは、女の子の不思議なところだよな」と、ユースタス。

「あんただってわかんないくせに」と、ジルは怒って言った。

「わかるよ。きみがじゃましなけりゃ。よし、わかった。あっちが東だ。月桂樹のほう。じゃあ、ぼくのあとについて、言葉を言ってくれる?」

「どんな言葉?」ジルはたずねた。

「もちろん、ぼくがこれから言う言葉だよ。さあ——」

それからユースタスは、はじめた。「アスラン、アスラン、アスラン!」

「アスラン、アスラン、アスラン」と、ジルは、くり返した。

「どうぞ、ぼくたちふたりを連れていってください——」

その瞬間、体育館の反対側から、大きな声がした。「ポウルっすか? はい。どこにいるか知ってます。体育館の裏で泣いてます。引っぱってきましょうか?」

ジルとユースタスは、たがいにちらりと目を合わせると、月桂樹の下にもぐりこんで、ものすごい速さで、低い木の生えた急な坂を駆けあがった。(実験校のおかしな教育方針のために、フランス語や数学やラテン語といったものはあまり身につかないのだが、いざというときに、さっと静かに逃げるやりかたは身についていた。)

一分ほど駆けあがったあと、ふたりは立ちどまって耳をすました。そして、聞こえてきた物音から、追いかけられているとわかった。

「あそこのドアが、またあいててくれたらなあ！」ふたりがふたたび走りはじめたとき、ユースタスが言い、ジルもうなずいた。低木の生えた丘の上には高い石塀があって、そこに、むこう側のひらけた原っぱへと通じるドアがあったのだ。このドアにはたいてい鍵がかかっていたが、これまで何度か、あいていることがあった。ひょっとすると、たまたま一度だけあいていることがあって、一度だけでもあいていたという記憶のせいで、またあいているかもしれないと思い、何度かドアをがちゃがちゃと試しただけだったのかもしれない。そのドアに鍵がかかっていなければ、だれにも見られずに、こっそりと学校の敷地から外へ出ることができるのだ。

ジルとユースタスは、からだをふたつに折るようなかっこうで、月桂樹のしげみの下を、汗びっしょりで、どろだらけになってのぼっていって、はあはあ言いながら石塀のところまでたどりついた。いつものとおり、ドアは閉じられていた。

「どうせ、だめだよ。」

ユースタスは、ドアノブに手をかけながら言ったが、「うわあ、びっくりだあ！」と声をあげた。ドアノブがまわって、ドアがあいたのだ。

ついさっきまで、ふたりは、もしドアに鍵がかかっていなかったら、さっと外へ出ようと思っていたのだった。けれども、ドアが本当にあいてみると、立ちすくんでしまった。というのも、ドアのむこうに見えたのは、思っていた景色とはちがっていたからだ。

そこには、ヒースにおおわれた灰色の丘がもりあがって、どんよりとした秋の空とつながっているようすが見えるはずだった。ところが、強くかがやく太陽の光がさしこんできたのだ。ガレージのドアをあけると光がどっと注ぎこんでくるように、六月の太陽の光が、ドアのむこうからこぼれてきた。光は、葉のうえにあった露をビーズ玉のようにきらめかせ、涙でよごれたジルの顔を照らした。太陽の光は——はっきり見えたわけではないが——たしかに別世界のようなところからさしこんでいる。目の前には、ジルが見たこともないほどなだらかで明るい芝生がひろがっていた。それから青い空が見え、なにかが飛びまわっていた。あまりにもきらきら光っていたので、宝石なのか巨大な蝶々なのかわからなかった。

ジルは、こんなふうなものが見られたらいいなと思っていたはずのものを見たのに、こわくなってしまった。ユースタスの顔を見ると、ユースタスもこわがっているのがわかった。

「行ってみようよ、ポウルさん。」ユースタスは、押し殺した声で言った。

「もどってこられる？　だいじょうぶなの？」と、ジルはたずねた。

そのとき、うしろでさけび声がした。嫌な、いじわるそうな声が遠くから聞こえたのだ。キンキンとした声で、こう言っていた。

「ねえ、ポウル、あんたがそこにいるのは、わかってんのよ。おりてきなさいよ。」

イーディス・ジャックルの声だ。「あいつら」の一味ではないが、その手下で、つげ口屋だ。

「急いで！」と、ユースタス。「ほら、手をつなごう。離ればなれにならないように。」

ジルがあたふたとしているあいだに、ユースタスはその手をにぎって引っぱると、ドアをくぐって、学校の敷地から飛び出し、イングランドから飛び出した。こちら側の世界から、「あの場所」へと入っていったのだ。

イーディス・ジャックルの声は、ラジオのスイッチが切れたみたいに、ぷつりと聞こえなくなった。その瞬間、まったくちがう音があたりに満ちた。音は、頭上の明るいものから聞こえている。それは、鳥の群れだった。ものすごいさえずりだが、音楽のようだ。私たちの世界の鳥のさえずりとはちがって、さえずりというより、ちょっと聞いてもわからない前衛音楽のようだった。ただ、そのさえずりのほかは、あたりはしんと静まり返って、沈黙がひろがっていた。その静けさと、すがすがしい空気を感じたジルは、とても高い山のてっぺんにいるにちがいないと思った。

ユースタスは、まだジルの手をにぎっていた。ふたりは、あたりをきょろきょろと見まわしながら、前へ歩いていった。大きな木々があちこちに生えている。杉のようだが、杉よりも大きく、縦にも横にもひろがっている。木と木のあいだがあいていて、下草もなかったために、林のなかは右も左もよく見とおせた。見わたすかぎり、どこも同じ景色だ。たいらな芝生がつづいており、飛びまわる鳥たちの羽は、黄色や、トンボのような青や、虹色をしていて、緑の木かげがあって、がらんとしていた。空気はひんやりとして明るく、風はそよとも吹いていない。ひどくさびしい林だった。

すぐ前には木々がなく、ただ青空がひろがっていた。ふたりは、ものも言わずにずんずんと進んだが、突然「気をつけて!」というユースタスの声がしたかと思うと、ジルはぐいっとうしろへ引っぱられた。崖っぷちに立っていたのだ。

ジルは、高いところにいてもへっちゃらな、運のいいタイプの子だった。崖っぷちに立っても、ちっとも気にならなかったのだ。むしろ、自分をうしろに引っぱったユースタスに、むっとした。「まるで、あたしがちっちゃな子みたいに。」そう思って手をふりほどいたジルは、ユースタスの顔が真っ青になっているのを目にして軽蔑した。「どうしたのよ?」ジルは言った。そして、こわくないところを見せてやろうと、崖っぷちぎりぎりのところに立ってみせた。実のところ、自分でもあぶないと思うほど、ぎりぎりに立ったのだ。それから、下を見た。

そうすると、ユースタスが真っ青になるのも無理はないとわかった。私たちの世界にあるような崖とは、くらべものにならなかったのだ。みなさん、知っているかぎりの高い崖のてっぺんにいると想像してみてほしい。そして、その崖の底を見おろすところを思い描くのだ。その思い描いた崖の底が、さらにその倍、いや十倍も二十倍も深いところにあるのだと考えてほしい。そのはるか遠くの底を見おろすと、ちょっと見ただけでは羊のように見える白いものがあって、よく見ると、それが雲だとわかる。もやのようにうすくたなびく雲ではなく、巨大な白い積乱雲で、山のように大きい。そんな雲のあいだから、ようやく本当の底がちらりと見えてくる。あまりにも遠いので、それが野原なのか森なのか、陸なのか海なのか、わからない。雲から底までの距離は、雲からあなたがいるところまでより遠いのだ。

ジルは、その底をじっと見つめた。そして、やっぱり一、二歩、崖っぷちからさがったほうがいいかもしれないと思った。しかし、ユースタスになにを思われるかわからないと気になって、さがりたくなかった。それから、なにを思われてもいいと急に決心して、このおそろしい崖っぷちから離れよう、そして高いところをこわがる人を笑うのはやめようと思った。ところが、動こうとしても、動けない。足が固い粘土になったように、すくんでしまったのだ。目の前のものが、ぐるぐると流れはじめた。

「なにしてるんだ、ポウルさん？　もどってこいよ。ばかなことをするな！」ユースタスがさけんだ。けれども、その声はずっと遠くから聞こえてくるように思えた。ユースタスにつかまれるのを感じた。だが、もはやジルは、自分の腕や足を思うように動かすことができない。一瞬、崖っぷちで、ふたりはもみあった。ジルはあまりにもおびえて気が遠くなっていたので、自分がなにをしているのかわからなかった。わかったのは、ふたつのことだけだ。そのふたつは、生きているかぎり、忘れられないできごととなった。（夢のなかで、何度もそのことがよみがえる。）ひとつは、つかもうとするユースタスの手を無理やりふりはらったこと。もうひとつは、そのとき、ユースタスが恐怖のさけびをあげて、バランスをくずし、崖の底へ落ちていったことだ。

さいわいなことに、なにをしてしまったのか、ゆっくりと考えるひまはなかった。巨大な、明るい色をした動物が、崖っぷちに駈けつけたのだ。それは、体を低くし、崖から身を乗り出すようにして、（とても奇妙なことだが）息を吹きかけた。吼えたのでもなく、荒い息をついたのでもなく、その大きくあいた口から、ただ、息を吹きかけたのだ。まるで掃除機がものを吸い取るときのようなたしかさで、しっかりと空気を送り出したのである。ジルは、その動物のすぐ近くにいたので、その体から息がふるえながら流れ出ていくのが感じられた。起きあがることができなかったために、じっと横たわり、気が遠くなりかけていた。本当に気を失ってしまったほうがいいと思うほどだったが、気絶というものは、やりたくてもできるものではない。そして、とうとう見えたのだ。ずっと下のほうに、小さな黒い点が、崖の底から少し上のほうへ

舞いあがるのが。それは、上へ舞いあがるにつれて、そのぶんむこうへ遠ざかってい
った。崖のてっぺんの高さまであがってきたときには、あまりにも遠くに行ってしま
って、見えなくなった。ものすごい速さで遠ざかっているようだった。ジルは、自分
のそばにいる動物が、黒い点を吹き飛ばしたのだと思わずにはいられなかった。
ジルはふり返って、その動物を見た。それは、ライオンだった。

第二章

ジルに与えられた任務

ライオンは、ジルには見むきもせずに立ちあがり、最後のひと吹きをした。それから、満足したかのようにむきを変えて、のっしのっしと森のなかへ歩きさった。

「これは夢にちがいないわ。夢よ。夢なのよ。」ジルは、自分に言い聞かせた。「すぐに目がさめるわ。」ところが、夢ではなかったし、目はさめなかった。

「こんなひどいところに、来なければよかった」と、ジルは思った。「スクラブくんだって、こんなところ、なにも知っちゃいなかったのよ。あたしと同じで。もし知ってたなら、こんなこわいところだって教えもしないで連れてくるなんて、ひどいわ。あの子が崖から落ちたのは、あたしのせいじゃない。あたしのことをほっといてくれたら、ふたりともだいじょうぶだったはずだもの。」

それから、ユースタスが落ちていったときのさけび声を思い出して、ジルはどっと泣きだした。泣くのは、泣いているあいだは問題ない。しかし、おそかれ早かれ、泣きやむことになり、そうしたらつぎにどうすべきか考えなければならなくなる。ジルは泣きやむと、ひどくのどがかわいていることに気づいた。それまでうつぶせで横になったままだったが、体を起こして、すわった。鳥たちはさえずるのをやめ、あたりはしーんと静まり返っていた。ただひとつ、かなり遠くのほうから、かすかな音が聞こえていた。ジルは、耳をすまし、それが小川のせせらぎにちがいないと思った。

ジルは立ちあがり、とても注意深くあたりを見まわした。ライオンの姿は、かげも形もないが、あたりには木々がいっぱい生えているから、すぐ近くにかくれているかもしれない。ジルにはわからなくても、ライオンが何頭もひそんでいるのかもしれない。けれども、あまりにものどがかわいていたので、ジルは勇気を出して前へ進み、小川をさがした。爪先立ち（つまさき）で、木から木へとしのび足で歩き、一歩歩くたびに、あたりをうかがった。

森はしんとしていたので、せせらぎの音がどこから聞こえるのかすぐにわかった。どんどんはっきりと聞こえるようになり、思ったよりも早く、ひらけた空き地に出て、ガラスのようにすきとおった小川を見つけた。芝生のむこう、石を投げれば届くあたりに流れている。水を見るとさっきよりも十倍ものどのかわきを感じたが、ジルは駈けよって水を飲んだりしなかった。まるで石になってしまったかのように立ちすくみ、口をぽかんとあけたのだ。それもそのはずだ。小川の前には、さっきのライオンがすわっていたのである。

ライオンは顔をあげて、前足を前にのばして、ロンドンのトラファルガー広場にあるライオンの像のようなかっこうですわっていた。ライオンがこちらを見たことがすぐわかった。ライオンは、しばらくジルの目をじっと見つめてから、目をそらしたのだ。まるで、ジルのことはよくわかっていて、どうでもよいとでもいうように。

「走って逃げたら、追いかけてくるわ。このまま進んだら、まっすぐあの口のなかに入るだけだし。」とにかく、動きたくても動けなかった。しかも、ライオンから目を離すことができない。どれくらいそうしていたことだろう。何時間にも思えた。のどがからからになって、たえられなくなってきたので、先に水を一口でも飲めるなら、ライオンに食べられてもいいと思ったほどだった。

「のどがかわいているなら、飲みなさい。」

それは、崖っぷちでユースタスが声をかけて以来、ひさしぶりに聞く言葉だった。最初、ジルは、だれが口をきいたのかしらと思って、きょろきょろとあたりを見まわした。そのうち、声がまた聞こえた。

「のどがかわいているなら、ここへ来て、飲みなさい。」

そうだわ、この別世界では動物が口をきくってスクラブくんが話してたっけ、とジルは思い出して、ライオンが話しているのだと気づいた。とにかく、こんどはライオンの口が動いているのが見えたし、その声は人間の声のようではなかった。人間の声より深く、ずっと野性的で、ずっと強烈なのだ。ずっしりした黄金のような声だった。だからといって、こわくなくなるわけではなかったが、ジルはさっきとはちがった意味で、おそろしいと思った。

「のどがかわいていないのかね？」と、ライオン。

「からからで、死にそうです」と、ジル。

「では、飲みなさい。」

「あのう、できたら――あたしが飲んでいるあいだ、どこかへ行ってくれませんか。」

ライオンは、その答えとして、ちらりとジルを見て、とても低いうなり声を出した。ジルは、身動きしない巨大な体を見つめて、ジルの勝手な都合で山に動いてもらいたいと言ったようなものだと気づいた。

小川のおいしそうなせせらぎの音で、ジルはもう気がおかしくなりそうだった。

「そちらへ行ったら、あたしになにもしないと――約束してくれますか？」と、ジル。

「私はなにも約束しない」と、ライオン。

ジルはあまりにものどがかわいていたので、いつのまにか一歩近づいていた。

「あなたは、女の子を食べたりする？」

「私は女の子も男の子も、大人の女も男も、王も皇帝も、町も王国も、呑みこんできた」と、ライオン。得意げに言うのでもなければ、申しわけなさそうに言うのでもなく、怒って言うのでもなく、ただ、そう言ったのだ。

「こわくて、そちらへ飲みに行けないわ」と、ジル。

「では、のどのかわきで、死んでしまう」と、ライオン。

「どうしよう！」ジルは、もう一歩近づきながら言った。「じゃあ、別の川をさがしに行かなくちゃ。」

「ほかに川はない。」

ジルには、ライオンがうそをつくようには思えなかった。ライオンの厳しい顔つきを見た人は、だれもがライオンの言うことは真実だと思っただろう。そして、突然ジルは決心した。ほんとならこんなことは絶対しなかったのだが、ジルはまっすぐ小川まで進んでいって、ひざまずいて、手で水をすくいはじめたのだ。今まで味わったこともないほど冷たくて、おいしい水だった。たくさん飲む必要はなかった。あっという間に、かわきがおさまったのだ。水を味わうまでは、飲みおわったらすぐにダッシュしてライオンから離れるつもりだった。今となっては、そんなことをしてはとても危険だとわかった。ジルは立ちあがって、飲んだばかりでくちびるがぬれたまま、そこに立ちつくした。

「ここにおいで」と、ライオンは言った。言うとおりにするしかなかった。ジルは、ライオンの前足と前足のあいだにはさまるほど近づいて、ライオンの顔をまっすぐ見つめた。けれども、ずっとそうしていられず、目をふせた。

「人間の子よ」と、ライオンは言った。「男の子はどこにいる？」

「崖から落ちました」と、ジルは言ってから、「サー」と、つけくわえた。なんと呼んでよいかわからなかったし、なにも呼びかけないのは失礼に思われたのだ。

「どうしてそうなったのかね、人間の子よ。」

「あたしが崖から落ちないように、とめようとしたからです、サー。」

「どうしてきみは崖のふちに近づいたのかね、人間の子よ。」

「あたし、見栄をはったんです、サー。」

「それはとてもよい答えだ、人間の子よ。これからは、そんなことをしないように。さて、」（ここで、初めてライオンの顔は、少しこわくなくなった。）「あの男の子は無事だ。私がナルニアまで吹き飛ばしておいた。しかし、きみの任務は、きみがやってしまったことのせいで、むずかしくなった。」

「任務ってなんでしょうか、サー？」

「私が、きみたちの世界からきみとあの男の子を呼び寄せたのは、その任務のためだ。」

ジルは、すっかりこまってしまった。「あたしのこと、だれかとまちがえてるんだわ。」ライオンにそうは言わなかったが、そのことを伝えないと、たいへんなことになりそうな気がした。

「思っていることを言ってごらん、人間の子よ。」

「考えてたんです——そのう——なにか、まちがえていませんか。あたしとスクラブくんは、だれに呼ばれたわけでもないんです。あたしたちが、ここに来たがったんです。スクラブくんは、呼びかけなきゃいけないって言ってた——だれかに——その名前をあたしは知りもしなかった。ひょっとすると、そのだれかが、あたしたちを入れてくれるからって。で、あたしたち、呼びかけたら、そしたら、ドアがあいてたんです。」

「私がきみたちに呼びかけていなければ、きみたちは私に呼びかけはしなかっただろう。」

「じゃあ、あなたが、そのだれか、なんですか、サー?」

「そうだ。さあ、きみの任務の内容を聞きなさい。ここからはるか遠くにあるナルニアという国に、悲しみにふける年老いた王が住んでいる。悲しいのは、自分の跡継ぎとなるたったひとりの王子がいなくなったからだ。王子は、何年も昔にさらわれてしまって、世継ぎがいなくなったのだ。ナルニアのだれひとり、王子がどこへ行ってしまったのか、まだ生きているのかどうかすら知らない。しかし、生きているのだ。私は、きみに、この行方不明の王子を見つけて、父親のところへ連れ帰るという任務を与える。それができなければ、その任務中に死ぬか、自分の国に帰ることになる。」

「どうやって、さがすんですか。」

「教えてやろう、わが子よ。これから言う四つのしるしにしたがえば、王子は見つかる。

まず、第一のしるしは、こうだ――ユースタス少年がナルニアに足を踏み入れたらすぐに、ある年老いた親愛なる友に会うだろう。少年は直ちにその友に挨拶をしなければならない。そうすれば、きみたちふたりは、よい助けが得られるだろう。第二に、ナルニアから出て、北へむかい、古（いにしえ）の巨人たちの廃墟（はいきょ）の都へ行きなさい。第三に、その廃墟の都で、岩に刻まれた言葉を見つけ、その言葉のとおりにしなさい。（行方不明の王子と出会ったら）第四のしるしによって、それが求める王子であるとわかるだろう。すなわち、わが名アスランの名にかけてなにかをしてほしいとたのむ最初の人と出会えば、それが求める王子である。」

ライオンが話しおえたようだったので、ジルは、なにか言わなければならないと思った。そこで、「ありがとうございました。わかりました」と、言った。

「わが子よ」と、アスランは、今まで出したこともないやさしい声を出した。「きみにはまだわかっていないと思う。だが、まずは覚えてもらおう。順番に四つのしるしを言ってごらん。」

ジルは言おうとしたが、正しく言えなかった。そこで、ライオンがまちがいを正し、すっかり言えるようになるまで、何度も何度もくり返させた。ライオンが、とてもしんぼう強く教えてくれたので、ようやく言えるようになったジルは、勇気を出してたずねた。

「あのう、どうやったらナルニアへ行けるんですか？」

「私の息に乗っていくのだ」と、ライオンは言った。「ユースタスにしたように、きみをこの世の西の果てへ吹き飛ばしてあげよう。」

「スクラブくんに会ってすぐ最初のしるしを伝えなきゃいけないけど、間に合うかしら。でも、会えなくてもだいじょうぶね。あの子は、昔の友だちに会ったら、きっと話しかけに行くでしょうから」

「ぐずぐずしているひまはない。それゆえ、きみを直ちに送るのだ。さあ、私の前を歩いて、あの崖（がけ）のはしまで行きなさい。」

言われるまでもなく、ぐずぐずできないのは自分のせいなのだと、ジルは承知していた。

「あたしがあんなばかなことをしなければ、スクラブくんといっしょに行けたのだもの。そしたら、スクラブくんも、あたしといっしょに、今の指示をぜんぶ聞いたはずだわ」と、ジルは思った。だから、ジルは言われたとおりにした。崖っぷちまでもどるのはとても危険な気がした。しかも、ライオンは、となりではなく、うしろから、そのやわらかな足先で物音もたてずに歩いてくるものだから、ぞくぞくしてしまった。けれども、崖っぷちに近づきもしないうちから、うしろから声がした。「じっとしなさい。これから息を吹いてあげよう。だが、まず、四つのしるしのことを忘れないようにしなさい。しっかり、きちんと覚えておくのだ。朝起きたら口に出して唱え、夜寝るときも、そして夜中に目がさめたときも口に出して唱えなさい。どんな不思議なことが起こっても、しるしにしたがうのを忘れてはならない。第二に、警告をしておく。この山で私はきみにわかりやすい言葉で告げたが、ナルニアではめったにそんなことはしない。この山では空気が澄んでいて、きみの心も澄んでいる。山をおりてナルニアに入れば、空気はよどんでくるだろう。だから、心を乱されないように気をつけなさい。ここで学んだしるしは、ナルニアでそれを見るときには、きみが思うような形をしていない。だからこそ、しるしをすっかり覚えておいて、その見た目にごまかされないようにすることが大切なのだ。しるしをしっかりと心に刻んで、それを信じなさい。そのほかのことは気にしなくてもよい。さあ、イブの娘よ、さらばだ。」

この言葉の最後のほうになってくると、声はどんどん小さくなり、やがてすっかり聞こえなくなった。ジルは、うしろをふり返った。おどろいたことに、崖はもう百メートル以上遠くにあって、崖っぷちに立つライオンは、小さなかがやく金色の点となっていた。ジルは、ライオンにものすごい勢いの息をかけられると覚悟して、歯を食いしばって手をにぎりしめていたのだが、息はとてもおだやかで、自分がいつ地面を離れたのか気づかないほどだった。そして今や、何万メートルもの高さを飛んでおり、下には空気しかないのだ。

こわいと思ったのは、ほんの数秒だった。ひとつには、下のほうに見える世界はあまりにも遠かったために、ジルには関係ないように思われたからだ。それに、ライオンの息に乗って空を舞うのは、とても気持ちがよかった。（うまくただようようになると）あおむけにも、うつぶせにも、好きなように体のむきを変えることができた。ちょうど泳ぎのじょうずな人が水中で体のむきを変えられるのと同じだ。しかも、ジルは息の速さで動いていたわけだから、風もなく、空気はすばらしく暖かく感じられた。なんの音もなく振動もなかったから、飛行機に乗っているのともまったくちがった。もし気球に乗ったことがあったとしたら、それに似ていると思っただろうが、それよりも、ずっとすてきだった。

うしろをふり返って、さっきの山の本当の大きさが初めてわかった。こんなに大きな山なのに、どうして雪や氷でおおわれていないのか不思議だったが、「きっと、この世界では、なにもかもちがうんだわ」と、ジルは思った。それから下をのぞきこんだ。けれども、あまりに高いので、下にあるのが陸なのか海なのか、また自分がどれほどの速さで進んでいるのかも、わからなかった。

「あら、いけない！　しるしのことを忘れていたわ。」ふいにジルは言った。「くり返しておかなきゃ。」最初は思い出せなくて、大いにあわてたが、ぜんぶ正しく言えた。

「これでよしと」と、ジルは言うと、満足のため息をついて、ソファーに寝そべるように、空気の上に寝そべった。

何時間かして、ジルは、ひとりごとを言った。

「まあ、眠っていたんだわ。空の上で眠るだなんて。そんなこと、今までだれもしなかったんじゃないかな。きっとそう。ああ、たぶんスクラブくんがしてる！　あたしよりも先に飛んでいったんだもの。さて、下のほうはどうなっているのかしら。」

下のほうは、広大な、とても濃い青色の平原だった。山は見えなかったが、平原の上を、なにか大きな白いものがゆっくりと動いていた。「きっと雲ね。でも、崖から見たときよりずっと大きい。たぶん近づいたから大きく見えるんだ。あたし、下におりてきたんだわ。もう、この太陽、まぶしいったらないなあ。」

この旅をはじめたときは頭上高くにあった太陽が、今は、とてもまぶしくなっていた。ジルの前方の、低いところにあったからだ。ユースタスが言ったとおり、ジルには方向感覚がなかった。（女の子がみんなそうかはわからない。）もし方向感覚があったら、太陽がまぶしくなってきたとき、ずいぶん西まで来たとわかったことだろう。

下にある青い平原を見つめているうちに、ジルは、あちらこちらに、もっと明るい、白っぽい色をした小さな点々があることに気がついた。「海だわ」と、ジルは思った。「あの点々は、きっと島ね。」そのとおりだった。ユースタスが船の甲板からそうした島をながめ、上陸したことすらあったと知っていたら、ジルはひどく嫉妬したことだろう。それからしばらくして、青い海面に小さなしわが見えてきた。海面にいたら、小さなしわではなく、大きな波だとわかっただろう。そしてこんどは、水平線に沿って太く黒っぽい線が見え、見る見るうちにますます太く、黒々としてきた。それを見て、ジルには自分がものすごい速さで進んでいることが初めてわかった。太くなっていく線は陸にちがいない。

突然左のほうから（南風に乗って）、大きな白い雲がこちらのほうへぶつかってきた。ジルと同じ高さだ。あっと思う間もなく、ジルはその冷たくしめった雲のなかに飛びこんでしまった。息がつけなくなったが、雲のなかにいたのは一瞬だった。目をぱちくりさせて明るいところに出てみると、着ていた服がぬれていた。（ジルが着ていたのは、ブレザーとセーターとショートパンツと靴下とかなり厚底の靴だった。イングランドでは、地面がぬかるむような日だったのだ。）雲から出たときには、入ったときより低い位置にいた。そして、雲から出ると、あたりのようすが一変していた。予測はついていたはずだが、ジルは仰天した。音が聞こえるのだ。それまでは完全な沈黙のなかを進んでいたが、今初めて、波の音やカモメの声が聞こえてきたのだ。海のにおいもした。ジルには空を飛ぶ速さもはっきりわかった。ふたつの波がぶつかって立った白い泡を目にしたと思ったつぎの瞬間、それは百メートルも後方にあるのだ。ものすごい速さで陸地が近づいていた。遠くの内陸の山々が見えた。左側にはもっと近くの山なみが見える。入り江や岬、森や野原、そして砂浜が、ちらほら見える。岸に寄せてはくだける波の音はどんどん大きくなっていて、ほかの海の音を聞こえなくしていた。

突然、目の前に陸がひろがった。ジルは河口へむかっておりていっている。どんどん低くなって、水面から一メートルほどのところまで来た。爪先(つまさき)が水に着き、大きな泡のしぶきがあがって、腰から下がずぶぬれになって減速した。ジルの体は、川上にむかうのではなく、左手の土手のほうへ水面をすべっていった。あまりに多くのものがいっぺんに目に飛びこんできたので、すべてを理解することはできなかった。なめらかな緑の芝生、巨大な宝石のようにキラキラとかがやく色に塗られた船、城の尖塔(せんとう)や城壁、風にはためく小旗、人ごみ、明るい色の服、鎧兜(よろいかぶと)、金の飾り、剣などが見え、音楽が聞こえ、それらが混乱してどっとせまってきたのだ。なにがどうなったのかわからなかったが、ようやく明確に認識できたのは、自分が陸に着いて、川べりの木々のしげみに立っていることだった。そこから一メートルもない目の前に、ユースタス・スクラブがいた。

最初に思ったのは、スクラブがとてもきたならしくて、だらしなくて、ぱっとしないということだった。つぎにこう思った。

「あら、あたし、びしょぬれだ。」

第三章

王の航海

ユースタス・スクラブがうすぎたなく見えたのは（ジルもきたならしかったのだが、自分ではわからなかった）、まわりがあまりにもかがやかしかったからだ。さっそく、そのようすを説明しよう。ジルがこの陸地に近づいてきたとき、はるか奥の内陸に見えた山々のあいだから、夕日が平らな芝生の上にさしこんでいた。芝生のずっとむこうには、いくつもの塔や小塔のある城がそびえていて、風見鶏が光を浴びてかがやいている。こんなに美しい城をジルは見たことがなかった。芝生の手前には、白い大理石でできた波止場があり、船がつながれていた。高い船首楼のあるりっぱな船で、船尾楼も高く、金と真紅に塗られ、マストの先には大きな旗がひるがえり、甲板にも多くの小旗がはためいていて、船べりには銀色にかがやく盾がずらりとならんでいた。船にはタラップがかけてあって、その手前に、これから船に乗ろうとしている、とても高齢の老人が立っていた。老人は、たっぷりした真っ赤なマントをまとい、その前がはだけていたので、なかに着こんだ銀色の鎖帷子が見えた。頭には細い金の冠を戴

き、羊毛のように白いひげは、腰のあたりまでたれている。老人は、自分より若い、りっぱに着飾ったひとりの貴族の肩に手をかけて、がんばってまっすぐ立っていた。けれども、老齢のため体は弱っており、少しでも風が吹いたら飛ばされそうで、その目はうるんでいた。船に乗ろうとしていた老人は、国王だった。乗る前に、見送りに来ていた国民たちに話しかけようとふり返ったところだ。

国王のすぐ前には、小さなロバ——大きめのレトリバー犬ほどの、かわいらしいロバ——に引かれた小さな車椅子があった。椅子には、太った小さなこびとがすわっており、国王と同じぐらい豪華な服を身につけていたが、あまりにも太っていて、たくさんのクッションにうもれるようにして背中をまるくしてすわっていたので、ちっともりっぱに見えなかった。まるで毛皮と絹とベルベットが、くしゃっとまるまっているように見えた。こびとは、国王と同じぐらい年寄りだったが、かくしゃくとして、とてもするどい目つきをしていた。はげていてやけに大きな頭には、なにもかぶっておらず、夕日を浴びてかがやく巨大なビリヤードの玉のように光っていた。

少しさがったところに、半円形に群衆が集まっていたが、ジルには、すぐ宮廷人だとわかった。そのはなやかな服や鎧だけでも、見ものだった。色あざやかで、まるで花畑だ。しかし、ジルが目と口をこれ以上あけられないほど大きくあけておどろいたのは、人々の異様さだった。人々とは言えないかもしれない。なにしろ、人間は、五人にひとりぐらいしかいないのだ。そのほかは、私たちの世界では決して見ることのできない生き物だった。フォーン、森の精霊サテュロス、半人半馬（ケンタウロス）――ジルにそれらの名前がわかったのは、絵を見たことがあったからだ。こびとも大勢いる。ほかにも、ジルが知っている動物がたくさんいた。クマ、アナグマ、モグラ、ヒョウ、ネズミ、鳥たち――ところが、イングランドで同じ名前で呼ばれている動物たちとは、ずいぶんちがっていた。あるものはずっと大きい。たとえば、ネズミは、うしろ足で立ちあがっていて、六十センチ以上の背丈があった。ただ、それを別にしても、ようすがかなりちがっていた。顔の表情から、動物たちが私たち人間と同じように、話したり考えたりできるとわかったのだ。

「うわあ！」と、ジルは思った。「じゃあ、やっぱり本当だったんだ。」けれども、つぎの瞬間に、ジルはこう思い返した。「こわい動物じゃないかしら？」というのも、群衆のすみに巨人がひとりふたりいたし、名づけようのない連中もいるのに気づいたからだ。

そのときふと、ジルは、アスランとしるしのことを思い出した。この三十分ばかりのあいだ、すっかり忘れていたのだ。ジルは、ユースタスの腕をつかんで、ささやいた。

「スクラブくん。スクラブくん、急いで！　あそこに、だれか知っている人はいない？」

「おや、きみも来たのかい？」

ユースタスは、ふゆかいそうに言った。（それも無理はない。）「静かにしていてくれよ。ぼくは耳をすましているんだ。」

「ばか言わないで」と、ジル。「一刻もむだにできないの。ここに昔の友だちはいない？　その人にすぐ話しかけに行かなきゃならないのよ。」

「なにを言っているんだい？」

「アスランよ――あのライオンがそう言うの。」ジルは、絶望的な気持ちになって言った。「あたし、会ったのよ。」

「へえ、会ったのかい。なんて言ってた？」

「あんたがナルニアで最初に見る人は昔の友だちで、すぐにその人に話しかけなければいけないって言ってた。」

「だけど、ここには、今までに会ったことのある人はだれもいないよ。それに、ここがナルニアかどうかさえわからない。」

「前にここに来たことがあるって、あんた、言ったと思ったけど。」

「思いちがいだろ。」

「よく言うわ！　あんた、前に、あたしに――」

「たのむから、やめてくれ。あの人たちがなにを言ってるか、聞こうじゃないか。」

国王はこびとに話しかけていたが、ジルにはなんと言っているか聞こえなかった。ジルにわかったのは、こびとが返事をせずに、何度もうなずいたり首をふったりしたことだけだった。それから、国王は声を大きくして、宮廷人全員に話しかけた。けれど、その声はとても年老いていて、ひび割れていたので、ジルには、ほとんどなにもわからなかった。なにしろ聞いたことのない人や場所についての話だったのだから。演説がおわると、国王はしゃがみこんでこびとの両ほおにキスをし、背筋をのばして、祝福を与えるかのように右手をあげて、ゆっくりとおぼつかない足どりで、タラップをわたって船に乗りこんだ。宮廷人たちは、国王の出発に大いに感動を覚えているようだった。ハンカチが何枚も取り出され、あちらこちらからすすり泣く声が聞こえてきた。タラップが外され、ラッパが船尾楼から吹き鳴らされ、船は波止場から、離れていった。(ボートが引っ張っていたのだが、ジルには見えなかった。)

「さてと」と、ユースタスは言ったが、そこでやめた。そのとき、大きな白いものが──ジルは一瞬、凧だと思った──空中をすべるようにやってきて、足もとにおりたったからだ。それは、白いフクロウだった。けれども、かなり大きくて、ふつうのこびとくらいの大きさがあった。

フクロウは、まるで遠くがよく見えないかのように目をぱちくりさせ、じっと見つめた。それから少し首をかしげてから、やわらかいホー、ホーという声で、こう言った。

「ホー、ホー。そのほう、ふたりは、だれかね？」

「ぼくの名前はスクラブ。こちらはポウルさん」と、ユースタスが言った。「ここはどこだか教えてくれませんか。」

「ナルニアの国じゃ。ケア・パラベルの王さまのお城の前である。」

「今、船に乗ったのは、王さまですか。」

「そのとおり、そのとおり」と、フクロウは大きな頭をふりながら悲しそうに言った。「しかし、きみたちはだれかね？　きみたちふたりには、魔法がかかっておるようじゃな。やってくるのを見ておったが、空を飛んでおったのう。ほかのみんなは、王さまを見送るのにいそがしくて気がつかなんだが、わしは見ておった。たまたま気づいたのじゃ。空を飛んでおった。」

「ぼくらはアスランに送りこまれたんだ。」ユースタスは低い声で言った。

「ホ、ホウ。」フクロウは、その羽をバサバサとさせながら言った。「信じられん、まだ午後も早い時間じゃからのう。太陽がしずまんうちは、頭がはっきりせんのでね。」

「あたしたち、行方不明の王子さまを見つけなきゃいけないの。」

会話に入りたくてうずうずしていたジルが言った。

「そんなこと、初めて聞いたよ」と、ユースタス。「王子さまってなんの話？」

「直ちに摂政閣下に会ってもらおう。」フクロウは言った。「あそこでロバが引いている車椅子に乗っているのがそうじゃ。こびとのトランプキン閣下であらせられる。」

フクロウは、むきを変えると、「やれやれ！　ホー、ホー！　アホー！　頭がはっきりせん。まだ夜じゃないからなあ」と、ぶつぶつ言いながら、先に進みはじめた。

「王さまは、なんというお名前なんですか？」ユースタスは、フクロウにたずねた。

「カスピアン十世であらせられる。」

ユースタスが突然歩くのをやめて顔色を変えたので、ジルは、どうしたのかしらと思った。これほどまでにようすがおかしいユースタスを見たことがない。けれども、なにか質問をするひまもなく、一同は、こびとの前まで来た。こびとは、ロバの手綱をかき集めたところで、城へ帰るために、ロバのむきを変えようとしていた。

宮廷人たちの集まりは、試合かレースを見おわった人たちのように、三々五々、やはり城のほうへと帰りはじめていた。

「ホー、ホー！　えへん！　摂政閣下。」

フクロウが少し身をかがめて、こびとの耳にそのくちばしを近づけて言った。

「え？　なんだって？」と、こびとがたずねた。

「見かけない者がふたりまいりました」と、フクロウ。

「《み》が書けない者だって？　どういうことだ？」と、こびと。「いやにきたならしい人間の子どもがふたりいるが、なんの用だ？」

「あたしの名前はジルです。」ジルが、急いで前へ出て言った。とても重要な使いがあるのだと説明したくて、うずうずしていたのだ。

「女の子はジルと申します。」フクロウは、できるかぎりの大声で言った。

「なんだって？　女の子が、ゆでじるだって？　そんなことは信じられん。どの女の子だ？　だれがゆでて殺したんだ？」

「女の子はひとりしかおりません、閣下」と、フクロウ。「名前はジルです。」

「大きな声で言え、大きな声で」と、こびと。「そんなところにつっ立って、わしの耳にごちゃごちゃ言うな。だれが殺されたって？」

「だれも殺されておりません。」フクロウは、ホー、ホーと鳴いた。

「だれだって？」

「**だれも**。」

「わかったわかった。さけばんでもよろしい。そこまで耳が遠いわけではない。わざわざだれも殺されていないと告げに来るとは、どういうつもりだ？　だれかが殺されるはずだったわけでもあるまいに。」

「ぼくがユースタスだと、伝えてください」と、ユースタス・スクラブが言った。

「この子はユースタスです、閣下。」フクロウは、声をかぎりにホー、ホーと鳴いた。

「《ユースレス》です、だと？」こびとは、いらいらと言った。「《役立たず》ということか。たしかに、こいつは役立たずだろうて。そんな理由でこいつを宮廷に連れてきたのか？　え？」

「《ユースレス》ではなく、ユースタスです」と、フクロウ。

「ユースを足すって？　なんのことやら、わからんな。いいかね、グリムフェザーくん、わしが若いころには、この国には本当にちゃんと口をきくことのできる動物や鳥がいたもんだ。こんなふうにぶつぶつ、ざわざわ、がたがたさわいだりはしなかった。そんなことは一瞬も許されなかったよ。一瞬もね。ウルヌス、補聴器をくれ。」

これまでずっとこびとのひじのところで静かにしていた小さなフォーンが、銀色の補聴器をこびとに手わたした。補聴器は、セルパンという名前の古楽器のような形をしていたので、チューブがこびとの首のまわりをぐるりとまわった。こびとがそれをつけているあいだ、フクロウのグリムフェザーは、急にささやき声で子どもたちにこう言った。

「頭が少しはっきりしてきた。行方不明の王子のことは、なにも言っちゃいかんよ。あとで説明してあげるから。言うと、とほうもないことになる。とほうも。と、ホー、ホー。ほー然とする。」

「さて」と、こびとが言った。「なにかまともな話があるなら、グリムフェザーくん、言ってみたまえ。深呼吸をして。早口で話してはならんよ。」

　グリムフェザーは、子どもたちの助けを得て、このふたりはアスランによってナルニアの宮廷に送りこまれたのだと説明した。こびとは目に新たな表情を浮かべて、ふたりをちらりと見た。

「アスランその人が送りこんだって？　この世の果ての――あの――もうひとつの世界から？」

「そうです、閣下。」ユースタスは、補聴器にむかって大声で言った。

「アダムの息子とイブの娘だというのか？」と、こびと。しかし、ふたりの通っていた実験校ではアダムとイブの話を教えてくれていなかったので、ジルとユースタスはこの問いに答えられなかった。しかし、こびとは、そんなことを気にしなかった。

「これは、これは、おふたりとも。」こびとは、まずひとりの手を取り、それから、もうひとりの手を取り、軽くおじぎをして言った。「ようこそ、いらっしゃった。わが主人であるよき王さまが、今このときに七ツ島諸島へ航海中でいらっしゃらなければ、おふたりのご来訪をおよろこびになったことだろう。きっと、束の間、若返られるだろうな――ほんの束の間。さて、もう夕食の時間だ。明日の朝、御用のむきをすっかりお聞きしよう。グリムフェザーくん、このお客さまがたに寝室と、しかるべき衣服を、最大の敬意をこめてご用意申しあげるように。それからグリムフェザーくん、ないしょの話だが――」

ここでこびとは、明らかにささやこうとして、フクロウの首に口を近づけた。けれども、耳が悪い人によくあることだが、自分の声の大きさがわからず、「ちゃんとおふろで体を洗わせなさい」と、こびとが言うのが、子どもたちふたりともに聞こえた。

そのあとで、こびとはロバに鞭(むち)を当て、ロバはよたよた歩きと速足との中間の歩きかたで城のほうに進みだした。(とても太った小動物だったのだ。)

いっぽう、フォーンとフクロウと子どもたちは、ずっとゆっくりした足どりであとをついていった。太陽はしずんでおり、冷えこんできていた。

芝生を横切って、果樹園もすぎると、ケア・パラベルの北門が大きく開いていた。門の内側には中庭の芝生が見えた。右手の大広間の窓という窓から、そして前方のごちゃごちゃと立ちならぶ建物の窓からも、すでに明かりがもれていた。そこへフクロウは、ふたりを案内していった。ジルの世話係に、とてもすてきな人が呼ばれた。その女の人は、ジルよりさほど背が高いわけでもなく、ずっとやせていたが、明らかに大人で、ヤナギのようにたおやかで、髪の毛もヤナギのようで、その髪にコケが生えているように見えた。女の人は、ジルを小塔のなかの円形の部屋へ連れていった。そこには、床に小さなおふろが造りつけてあり、よいにおいのする木が暖炉で燃えていて、丸天井からは銀のくさりでつながれたランプがぶらさがっていた。西むきの窓からは、ナルニアの不思議な景色が見え、遠くの山々のむこうには、まだ日没の赤みが残っていた。それを見ると、ジルはもっと冒険がしたくなって、これはまだ、はじまりにすぎないんだわと確信した。

おふろから出て、髪の毛にブラシをかけ、用意されていた服を着た。その服は、肌ざわりがとてもよいだけではなく、見た目もよく、においもすてきで、それを着て動きまわると、美しい音がした。服を着たジルは、外をながめようとして、さっきのわくわくする窓のところにもどろうとしたが、ドアにノックの音がしたので立ちどまった。

「どうぞ」と、ジルは言った。入ってきたのは、やはりおふろに入ってすばらしいナルニアの服を着たユースタス・スクラブだった。しかし、その顔は、楽しそうではなかった。

「ああ、なんだ、ここにいたのか。」ユースタスは、椅子にどしんと身を投げながら、むっとしたように言った。「きみをずっとさがしてたんだよ。」

「ついに見つかったじゃないの。ねえ、スクラブくん、これって、言葉にならないくらいわくわくして、すてきじゃない？」ジルはこのとき、しるしのことや、行方不明の王子のことをすっかり忘れていた。

「へえ！　そんなふうに思ってるんだ？」と、ユースタス。それから、少し間をあけて、「こんなとこ、来なきゃよかった」とつづけた。

「どうして？」

「たえられないよ」と、ユースタス。「王さまを見たんだ――カスピアン王を――よぼよぼのおじいさんになっていた。あんなの――あんなの、ひどいよ。」

「なによ、それがどうしたっていうのよ。」

「きみには、わからないんだ。考えてみりゃ、そりゃそうだよな。この世界の時間は、ぼくたちの時間とちがうって、説明してなかった。」

「どういうことなの。」

「ここですごす時間は、ぼくたちの時間からすれば、あっという間なんだ。わかるかな。つまり、ここにどんなに長くいても、ぼくらが学校にもどると、時間は、ぼくらが学校を出たときのままなんだ。」

「それって、あんまりおもしろくないわ。」

「ああ、だまっててくれよ。口をはさまないで。イングランドにもどると――ぼくらの世界にもどると――ここでの時間はわからなくなる。ぼくらの世界で一年をすごしているあいだ、ナルニアじゃ、何年たっているか知れないんだ。ペベンシー家の子どもたちがぜんぶ説明してくれたんだけど、ぼく、ばかみたいに、忘れてた。そして今、どう見ても七十年ぐらいすぎてるんだよ――ナルニアの時間では――ぼくらが前にここにいたときから。これでわかった？　それで、ぼくはもどってきて、カスピアンがよぼよぼのおじいさんになっているのを見たってわけさ。」おそろしい考えがジルの頭に浮かんだ。

「じゃあ、王さまは、あんたの昔の友だちだったのね！」

「そうだったと思うよ。」ユースタスは、みじめな気持ちで言った。「最高の友だちだったよ。前に会ったときは、ぼくよりほんの数年お兄さんだったんだ。なのに、あんな白いひげを生やしたおじいちゃんになっちゃって。いっしょにローン諸島へ行った朝のこととか、海蛇と戦ったときのことを思い出すと――ああ、おそろしいよ。もどってきたらカスピアンが死んでたっていうより、ひどいよ。」

「もう、だまりなさいよ。」ジルは、いらいらして言った。「事態はもっと深刻よ。最初のしるしを逃しちゃったんだから。」

もちろん、ユースタスには、なんの話かわからなかった。そこで、ジルは、アスランと話をしたこと、四つのしるしのこと、そして行方不明の王子をさがさなければならないことを話した。

「だからね」と、ジルは、しめくくった。「アスランが言ったように、あんたは昔の友だちに会ったんだから、すぐに話しかけなきゃいけなかったのよ。だけど、そうしなかったから、最初からなにもかもおかしくなっちゃった。」

「だって、そんなこと、知らなかったもん。」

「あたしが教えようとしたときに、ちゃんと聞いていればよかったのよ。」

「そうだね。それに、崖っぷちできみがばかなことをして、もう少しでぼくを殺すようなことをしなければね――そうさ、殺すって言ったよ。何度でも言ってやるさ。あんなことがなければ、ぼくらはいっしょに来て、なにをすればいいかわかったんだ。」

「ねえ、あの人が、あんたが最初に見た人だよね」と、ジル。「あたしよりも何時間も前に来てたんでしょ。本当に、ほかにだれにも会ってない？」

「きみよりほんの一分前に来ただけだよ。アスランは、ぼくよりもきみのほうを強く吹いたんじゃないかな。追いつかせようとして。きみがむだにした時間を取りもどそうとして。」

「なによ、そこまでひどい言いかたしなくてもいいでしょ。あら！　あれは、なにかしら？」

夕食を告げる城の鐘が鳴っていた。こうして、ひどい口げんかはうまい具合にさえぎられた。このころには、ふたりはとてもおなかがすいていたのだ。

城の大広間での夕食は、ふたりが見たこともないほどすばらしいものだった。ユースタスはナルニアに来たことはあったが、ずっと船に乗っていたために、ナルニア国本土でのもてなしや、きらびやかさをなにも知らなかった。天井には小旗がはためき、ラッパや太鼓の音とともに料理がつぎつぎに運ばれてきた。考えただけでよだれが出そうなスープがあったり、パベンダーと呼ばれるおいしい魚があったり、鹿肉やクジャク肉や、パンやアイスクリームやゼリー、くだものやナッツや、いろいろな種類のワインやフルーツジュースがあった。落ちこんでいたユースタスでさえ歓声をあげて、こいつはすごいと思った。

そして、飲み食いがあらかたおわると、目の見えない詩人が進み出て、コール王子とアラヴィスと馬のブリーについてのとても古い壮大な物語を語った。それは「馬とその少年」という話で、ピーターがケア・パラベルで国王だった黄金時代に、ナルニア国とカロールメン国と、そのあいだの国々とで起こった冒険物語だった。（今、そのお話をする時間はないが、とてもおもしろい話だ。）

やがて、頭がとれそうなほど大あくびをしながら、ふたりが上の階の寝室にあがっていくとき、ジルは「今晩はぐっすり眠れるわ」と言った。なにしろ、もりだくさんの一日だったからだ。けれども、そんなのんきな言葉からもわかろうと言うものだ、これからふたりになにが起こるか、だれにもわかっていなかったことが。

第四章

フクロウ会議

おかしなことだが、眠くなればなるほど、ぐずぐずして、なかなかふとんに入らずにいるものだ。部屋に気持ちのいい暖炉の火が燃えているときは、なおさらだ。ジルは、まずちょっと暖炉の前にすわらなければ、服をぬぐ気になれないと思った。そして、いったんすわってしまうと、もう立ちあがりたくなくなってしまったのだ。「おふとんに入らなきゃ」と五回ほど言ったとき、窓をトントンとたたく音がして、ジルはビクッとした。

立ちあがってカーテンを引いても、窓のむこうは真っ暗で、最初はなにも見えなかった。それからジルは、飛びあがって、あとずさりをした。なにかとても大きなものが窓にぶつかって、ガラスをするどくコツンとたたいたからだ。とても嫌な考えが頭に浮かんだ。

「この国に巨大な蛾がいたらどうしよう！　やだっ！」ところがすぐに、そのなにかがもどってくると、こんどは、はっきりくちばしが見えたように思った。そのくちばしが、窓ガラスをコツコツとたたいていたのだ。

「大きな鳥だわ」と、ジルは思った。「ワシかしら？」ワシに入ってこられるのもあまりうれしくはなかったが、ジルは、窓をあけて、外をのぞいた。たちまち大きな羽ばたきの音がして、なにかが窓全体をふさぐようにして窓枠にとまったので、ジルはあとずさりをしなければならなかった。それは、例のフクロウだった。

「シー、シー！　ホー、ホー！」と、フクロウは言った。「音をたてないで。さあ、あんたがたふたりは、本当に、言われたことをするつもりかね。」

「行方不明の王子をさがすこと？」と、ジルは言った。「そのつもりよ。」

というのも、ジルは、大広間でごちそうを食べたりお話を聞いたりしているあいだは忘れかけていたのだが、ライオンの声と顔を思い出したからだ。

「よろしい！」と、フクロウ。「では、一刻もむだにできん。ここをすぐ出ていかなければならんよ。わしは、もうひとりの人間を起こしに行こう。それから、もどってくるから、その宮廷用の服を着替えて、旅支度をしておきなさい。あっという間に、もどってきますでのう。ホー、ホー。ほんじゃまた。」そして応(こた)えも待たずに、フクロウは、いなくなってしまった。

もしジルが冒険に慣れていたら、フクロウの言葉をあやしんだかもしれないが、そんなことは、ジルには思いつかなかった。そして、真夜中にぬけ出すということを考えて、わくわくして、眠いのを忘れてしまった。ジルは、もとのセーターとショートパンツに着替えた。ショートパンツのベルトにはポケットナイフがついていて、これは便利かもしれないと思った。それから、あのヤナギのような髪の毛をした女の人がジルのために部屋に置いていったものをいくつか取った。ひざまでの短いマントに、フード(「雨が降ったら必要だわ」と、ジルは思った)、それからハンカチを何枚かと、くしを一本、手に取った。そして、腰かけて待っていた。

また眠くなりかけたときに、フクロウが帰っていた。

「さあ、準備はととのった」と、フクロウは言った。

「案内してちょうだい」と、ジル。「ここの廊下、ぜんぜんわからないんだもの。」

「ホー、ホー!」と、フクロウ。「城のなかを通っていったりせんよ。それじゃあ、だめだ。わしの背中に乗りなさい。空を飛ぶでのう。」

「えっ!」ジルは、口をあんぐりとあけて、それはあまりいい考えではないと思った。

「あたし、重すぎないかな。」

「ホー、ホー! アホーなことを言うでない。もうひとりの人間を運んできたところじゃ。さあ。しかし、まず、あのランプを消さねばのう。」

ランプがぷつんと消えると、窓のむこうに見えていた夜は、さほど真っ暗ではなくなった。もはや黒くはなく、灰色だった。フクロウは、部屋に背をむけて窓枠に立ち、翼をひろげた。ジルは、フクロウの太った短い体によじのぼり、両方の翼の下にひざを入れると、ひざでしっかりとフクロウの体をはさんだ。羽がとても温かく、やわらかく感じられたが、つかむところがなかった。

「スクラブくんは、フクロウに乗ってどんな気分だったのかしら？」そんなことをちらっと思った瞬間、フクロウはおそろしい急降下で、窓枠から飛びたった。翼がジルの耳もとでバッサバッサと音をたて、かなり冷たくてしめった夜の空気がジルの顔を直撃した。

空は思ったよりも明るく、一面に雲がかかっていたが、ぼうっと銀色ににじんでいるところは、雲の裏に月がかくれているのだとわかった。下にある野原は灰色に見え、木々は真っ黒だった。かなり風があって、シュッとなったりザワザワしたりするその音から、やがて雨になることがわかった。

フクロウがぐるりと旋回すると、前方に城が見えてきた。明かりがついている窓は、ほんのわずかしかない。その城のすぐ上を北へ飛び、川にさしかかると、空気はますます冷たくなった。ジルは、川面にフクロウの白いかげが映っているのが見えたような気がしたが、やがて、ふたりは川を北へ越え、森の上空を飛んでいった。

しばらくして、フクロウはなにかをパクリとやったが、なにを食べたのか、ジルには見えなかった。

「ああ、やめてちょうだい」と、ジル。「そんなふうに急に動かないで。もう少しで落ちるところだったわ。」

「申しわけない」と、フクロウ。「ちょいとコウモリをつまんだのじゃ。すてきにまるまる太った小さなコウモリほど、小腹を満たすものはないんでね。あんたにも取ってあげようか。」

「いいえ、けっこうよ。」ジルは、身ぶるいして言った。

フクロウは、さっきより低いところを飛んでおり、大きな黒く見えるものが前方にそびえていた。それは塔だった。ツタがたくさんからまって、なかば廃墟になっている塔だと見てとったその瞬間、ジルは、ひょいと首をすくめて、窓の穴に頭をぶつけないようにしなければならなかった。フクロウが、ツタのからまるクモの巣だらけの穴に身をねじこむようにして、新鮮な灰色の夜から、塔のてっぺんにある暗い場所のなかへ、ジルを乗せたまま飛びこんでいったのだ。なかは、かなりカビくさく、フクロウの背からすべりおりたとたん、なにかがいっぱいひしめいているのがわかった。（そういうのは気配でわかるものだ。）そして、あらゆる方角から「ホー、ホー！」という声が聞こえてきたので、フクロウでいっぱいなのだとわかった。だから、フクロウとはまるきりちがう声が聞こえたとき、ジルは、とてもほっとした。

「きみかい、ポウルさん？」

「あんたなの、スクラブくん?」と、ジル。

「さあて」と、グリムフェザーが言った。「みんなそろったな。フクロウの会議を開こう。」

「そうだそうだ。それがよい方法だ。ホー、ホー。」あちらこちらの声が言った。

「ちょっと待って」と、ユースタスの声。「まず、言っておきたいことがある。」

「言って。言って。言って」と、フクロウたち。ジルも「言いなさいよ」と言った。

「きみたちフクロウは」と、ユースタス。「カスピアン十世王が、若かったころに、世界の東の果てへ航海したことを知っているよね。ぼく、その旅で、王さまといっしょだったんだ。王さまと、ネズミのリーピチープと、ドリニアン卿と、そのほかみんなと。信じられないかもしれないけれど、ぼくらの世界では、きみたちの世界の速さで年をとったりしない。ぼくが言いたいのは、ぼくは王さまの味方だということだ。だから、このフクロウの会議が、王さまをおとしいれる悪だくみをするつもりなら、ぼくは手を貸したりしないからね。」

「ホー、ホー! われわれも王さまの味方さ、ヤッホー」と、フクロウたち。

「じゃあ、なんの相談をしてるの?」と、ユースタス。

「こういうことじゃ」と、グリムフェザー。「きみたちが行方不明の王子をさがしに行くということが、摂政のこびとのトランプキンの耳に入ったら、あいつはきみたちを行かせはせん。きみたちを閉じこめてしまう。」

「なんてこった！」と、ユースタス。「まさかトランプキンが裏切り者だなんて言うんじゃないよね？　昔、船に乗ってたとき、ずいぶんトランプキンのうわさを聞いたけど、カスピアン――つまり、王さまのことだけど――王さまは、トランプキンをすっかり信用していたよ。」

「もちろん」と、ある声が言った。「トランプキンは裏切り者じゃない。だけど、（騎士とか、ケンタウロスとか、善良な巨人とか、いろんな人が）三十人以上も、これまで行方不明の王子をさがしにつぎつぎに出かけたが、だれひとり帰ってこなかった。とうとう王さまは、息子さがしのために勇敢なナルニア人を全滅させたくはないとおっしゃった。だから、今じゃ、だれも出かけることを許されないんだ。」

「でも、ぼくらはきっと許されるよ」と、ユースタス。「ぼくがだれで、だれの使いでやってきたか、王さまがお知りになったら。」

（「使いは、あたしたちふたりよ」と、ジルが口をはさんだ。）

「そうだな」と、グリムフェザー。「きっとそうじゃろうて。しかし、王さまは、留守なのじゃ。そして、トランプキンは、規則を絶対に守る。がんとして筋を曲げないし、すっかり耳が遠くなって、とても怒りやすい。今回ばかりは例外だなんてことをわからせることは、できない。」

「ぼくらがフクロウで、フクロウはかしこいってみんな知っているから、トランプキンはぼくらの言うことを聞くと思うかもしれないけれど」と、だれかが口をはさんだ。「もうすっかりおじいちゃんになって、『このヒヨッコが。おまえが卵だったときのことを覚えているぞ。わしに意見するなど百年早いわ。すっこんでいろ、すっとこどっこい！』としか言わないんだ。」

このフクロウはトランプキンの声をとてもじょうずにまねたので、ほかのフクロウたちが大笑いした。ナルニア人たちがトランプキンに対して感じている思いは、学校の気むずかしい先生が生徒たちから少しこわがられたり、からかわれたりしていても、実は愛されているのと同じなのだと、子どもたちにもわかった。

「王さまはいつ帰ってくるの？」ユースタスがたずねた。

「それがわかればのう！」と、グリムフェザー。「最近、この諸島でアスランそのひとを見かけたといううわさがあった。たしかテレビンシア島でだと思う。王さまは死ぬ前にもう一度アスランとじかにお会いになって、自分のあとにだれを王さまにしたらよいか忠告を求めたいとおっしゃっていた。だが、テレビンシア島で王さまがアスランにお会いになれなければ、王さまはどんどん東へ、七ッ島諸島やローン諸島へ、そしてその先へ進まれるじゃろう。そんな話はなさらんが、王さまがあの世界の果てへの航海をお忘れでないことは、だれもが知っている。そして、心の奥底ではまたそこへ行きたいと感じていらっしゃるにちがいないのじゃ。」

「じゃあ、王さまが帰っていらっしゃるのを待っていてもしかたがないってこと？」

と、ジル。

「そのとおり」と、フクロウ。「ああ、なんたることじゃ。もしあんたらふたりがそうとわかっていて、すぐに王さまに話しかけてさえいたら。王さまはすべて手配なさって、たぶん王子捜索のために、軍隊をつけてくださっただろうにのう。」

ジルは、これを聞いて、だまっていた。そして、どうしてそうならなかったのかを、スクラブくんがフクロウたちにばらさなければいいなと思った。ユースタスは、なんとかばらさずにいてくれた。もごもごと、「ぼくのせいじゃないよ」と言っただけだった。それから、ユースタスは、大きな声でつづけた。

「わかった。王さまの助けなしでやらなきゃならないんだね。だけど、もうひとつ知りたいことがある。もしきみたちの言うフクロウの会議が公明正大で、悪いことを考えていないんだったら、どうしてこんなにこそこそしなきゃならないんだ。真夜中に廃墟で集まるなんてさ？」

「ホー、ホー！　ホー、ホー！」何羽かのフクロウが鳴いた。「どこで会えって言うのさ？　それに、会うのは夜に決まってるだろ？」

「いいかね」と、グリムフェザーが説明した。「ナルニアに住んでいるものはたいてい、おかしなくせがあってのう。真っ昼間、みんなが眠っておるべきときに、まぶしい太陽の光を浴びて行動しおる。（うげ！）そのため、夜になるとすっかり目が利かなくなり、頭もぼうっとして、ひとことも話せなくなる。そこで、われわれフクロウは、相談をしたいときには、まっとうな時間に会うことにしているのじゃ。」

「なるほど」と、ユースタス。「それじゃあ、話を先に進めましょう。行方不明の王子について、なにもかも教えてください。」

すると、グリムフェザーとは別の年老いたフクロウが、こんな物語を話してくれた。

十年ほど昔のことだ。カスピアン王の息子リリアンがとても若い騎士だったとき、ある五月の朝、母親の王妃といっしょに、ナルニアの北方へ遠出をした。たくさんの従者たちや貴婦人たちが、頭に新鮮な葉の冠をつけ、腰に角笛をさげて同行した。けれども、狩りではなく、五月祭のお祝いをしに行ったので、猟犬は連れていかなかった。日中暖かいうちに、一同は、地面から泉がわき出ている気持ちのよい空き地までやって来て、そこで馬をおり、楽しく飲み食いをしておった。しばらくすると、王妃が眠たくなったので、一同は、草の生えた土手に、マントをひろげてさしあげた。王妃がそこへ横になると、リリアン王子と一行は、話し声や笑い声で王妃を起こさないように、少し離れた。すると、やがて、大きな蛇が、うっそうとした森から出てきて、最初に王妃のさけび声を聞いた一同は、大急ぎで駈けつけた。最初に王妃のそばに着いたのは、リリアン王子だった。見ると、蛇が身をくねらせて逃げていくので、王子は剣を抜いて追いかけた。大蛇は毒々しい緑色をしてぎらぎらとかがやいていたので、姿を見失うことはなかったが、しげみのなかにすべりこんでしまい、つかまえられなかった。そこで、王子が母親のもとにもどってくると、大さわぎになっていた。みんながさわいだが、むだだった。母親の顔をちらりと見て、リリアン王子は、どんな薬も効かないと、すぐにわかった。王妃は、命がつづくかぎりなにか王子に言おうとしていたが、はっきりと言うことはできず、それがなんであれ、伝えることはできないまま、死んでしまった。最初に王妃の悲鳴を聞いてから、十分もたっていなかった。

王妃の遺体はケア・パラベルへ運ばれ、リリアン王子やナルニアじゅうの人は、激しくなげいた。王妃はりっぱな貴婦人だった。かしこく、やさしく、楽しい人で、カスピアン王が世界の東の果てから連れてきた花嫁だった。星々の血が王妃のなかに流れているといううわさだった。王子は母親の死に、すっかり打ちひしがれたが、無理からぬことだった。そののち、王子は、毎日のようにナルニアの北方の荒野に馬を走らせ、あの毒蛇をさがして、殺してかたきを討とうとした。たとえ王子がつかれきって取り乱して家に帰ってきても、だれもなにも言わなかった。けれども、王妃の死からひと月ほどして、王子のようすが変わったと言う者がいた。その目は、まぼろしを見ているかのようで、一日じゅう外出しているのに、馬はそれほど走っていないようなのだ。昔からいる宮廷人のなかで、王子ととくに親しくしていたのは、ドリニアン卿だった。東の果てを目指す大航海で、王子の父親の船長を務めた男だ。

　ある夜、ドリニアン卿は、王子に言った。

「もう毒蛇をさがすのは、おあきらめください。知恵のない生きものに復讐しても、なんの意味もありません。むだに、おつかれになるだけです。」

　王子は答えた。「ドリニアン卿、この七日というもの、私は蛇のことを忘れかけていた。」

　ドリニアン卿は、そうならば、どうしてそんなにいつまでも北方の森へ馬を走らせるのかとたずねた。

「あの森で、この世のものとも思えない美しいものを見たからだ。」

「殿下。どうか、明日、私もごいっしょさせてください。私にもその美しいものを見せてください。」

「よろこんで」と、リリアン王子は言った。

　そして、あくる日の朝、ふたりは馬に鞍を着け、北方の森へ馬を走らせ、王妃が亡くなったまさにあの泉のところで馬をおりた。ドリニアン卿は、よりによってこんなところに王子が来るのを不思議に思った。ふたりは、そこでしばらく休んでいた。正午になると、そこには、見たこともないほど美しい女性が現れた。その人は、泉の北側に立って、こちらに来なさいというように、王子に手招きをしていたが、ひとこともしゃべらなかった。背が高く、りっぱで、かがやいていて、毒々しい緑色のうすい衣に身をつつんでいた。王子は、魂をうばわれてしまったかのように、その女の人をじっと見つめていた。けれども、ふいに女性はいなくなってしまい、どこに行ってしまったのか、ドリニアン卿にはわからなかった。ふたりは、ケア・パラベルへもどった。このかがやく緑の衣の女性は邪悪ななにかであると、ドリニアン卿には思われてならなかった。

このことを王に告げるべきかどうか、ドリニアン卿はまよったが、おしゃべりの告げ口屋にはなりたくないと、だまっていた。ところが、あとになって、話しておけばよかったと思うことになる。というのも、翌日、リリアン王子は、ひとりで馬に乗って出かけ、その夜、帰ってこなかったのだ。そして、それきり、ナルニアとその周辺のどこをさがしても、王子の手がかりはなく、王子の馬も帽子もマントも、そのほかどんなものも、見つからなかった。そこで、ドリニアン卿は打ちひしがれて、カスピアン王のもとへ行き、こう言った。

「陛下、私を裏切り者として、すぐに殺してください。私がだまっていたために、陛下のご子息を破滅させてしまいました。」

　そして、王になにもかも話した。すると、王は戦用の斧をふりあげて、ドリニアン卿を殺そうと駈けよった。ドリニアン卿は、その死の一撃を待ち受けて、じっと立ちすくんでいた。けれども、斧をふりあげたカスピアン王は、ふいにそれを投げ捨てると、さけんだ。

「私は妃をなくし、息子をなくした。さらにまた、友もなくすのか？」

　そして、ドリニアン卿の首にすがりつくと、卿を抱きしめて、ふたりして泣いた。友情がこわれることはなかったのだ。

　これがリリアン王子の物語だった。話がおわると、ジルが言った。

「その蛇とその女の人は、同じ人じゃないかな。」

「そうそう、そう思うよ。」フクロウたちが、ホー、ホーと言った。

「だが、その女は、王子を殺してはおらんだろうて」と、グリムフェザー。「なぜなら、どこにも骨が――」

「殺しちゃいないさ」と、ユースタス。「アスランがポウルさんに言ったんだ、王子はどこかでまだ生きているってね。」

「すると、なおさら、まずいことになる。」いちばん年長のフクロウが言った。

「そうなると、その女は、王子を利用して、ナルニアに対してなにかたくらんでいるかもしれん。ずっと昔、この世のはじまりに、白の魔女が北から入ってきて、われわれの国を、百年ものあいだ、雪と氷に閉じこめてしまった。こいつは、その一味かもしれん。」

「よくわかったよ」と、ユースタス。「ポウルさんとぼくは、この王子を見つけなければならない。助けてくれるかい？」

「なにか手がかりはありますかな」と、グリムフェザー。

「うん」と、ユースタス。「北へ行かなければならないんだ。巨人たちの廃墟の都へ行かなければならないってことは、わかっている。」

これを聞くと、フクロウたちは、以前にもまして大きな声でホー、ホーと鳴き、足踏みをしたり、翼をばたつかせたりした。それから、フクロウたちは、みないっせいに話しはじめた。自分たちが、行方不明の王子をさがしに子どもたちといっしょに行けないことを残念に思うと、説明しだしたのだ。

「きみらは日中に旅をするけれど、ぼくらは夜に移動するんだ。方法がちがいすぎる。ホー、ホー。うまくいかないよ。」

このこわれかけた塔のなかでさえ、会議をはじめたときほど暗くはなくなってきているし、会議はもう十分長いあいだやったと思う、と言いだすフクロウもいた。実のところ、巨人たちの廃墟の都へ行くと言っただけで、フクロウたちはすっかりおじけづいてしまったようだ。けれども、グリムフェザーが言った。

「ふたりがそちらへ――エティン荒野へ行くのなら、沼人たちのところへ連れていってやらねばならんな。助けになるとすれば、あいつらしかおらんからのう。」

「そうだ、そうだ。そうだ。そうしよう」と、フクロウたち。

「では、出発だ」と、グリムフェザー。「わしが、ひとりを連れていく。もうひとりは、だれが連れていくかね。今夜のうちに出発せねばならんぞ。」

「私が連れていくよ、沼人のところまで。」別のフクロウが言った。

「準備はよろしいか」と、グリムフェザーは、ジルにたずねた。すると、ユースタスが言った。

「ポウルさんは、寝ちゃったよ。」

第五章

沼むっつり

ジルは、眠りこけていた。フクロウの会議がはじまってからというもの、ジルは大あくびばかりしていて、ついに寝入ってしまったのだ。また起こされたうえに、自分が真っ暗なほこりっぽい鐘つき堂のようなところのむきだしの床に寝ていて、そのうえ、そこらじゅうフクロウだらけとわかって、ジルはまったく不機嫌になってしまった。しかも、これから別のところへ――ベッドに入るわけでもなく、フクロウの背に乗って飛んで――行かなければならないと聞くと、さらにいい気はしなかった。

「おい、ポウルさん、元気を出せよ」と、ユースタス・スクラブの声がした。「これは冒険なんだ。」

「もう冒険には、うんざりよ。」ジルが、むっとして言った。

けれども、グリムフェザーの背中に乗ることにしたジルは、フクロウがジルを乗せて夜のなかへ飛び出したとき、思わぬ夜気の冷たさに、すっかり目をさました（しばらくのあいだは）。月はかくれていて、空には星もなかった。うしろをふり返ると、はるか遠く、地面よりかなり高いところに、明かりのついた窓がひとつ見えた。まちがいなく、ケア・パラベルの塔の窓だ。それを見たジルは、楽しい寝室にもどって、暖炉の火が壁にうつってゆれるのを見ながらベッドでぬくぬくと横になりたいなあと思った。ジルは、両手をマントの下に入れ、マントでしっかり体をくるんだ。少し離れた暗闇からふたつの声が聞こえてきたのは、不思議な感じがした。ユースタスとユースタスを乗せたフクロウとが、話をしているのだ。「スクラブくんは、つかれてないみたい」と、ジルは思った。ユースタスが以前この世界ですばらしい冒険をしたことがあり、ナルニアの空気にふれたユースタスが、かつてカスピアン王と東の海を航海したときに身につけた強さを取りもどしたのだということは、ジルにはわからなかった。

ジルは、眠りこけないように、自分をつねらなければならなかった。もしグリムフェザーの背中で眠ってしまったら、きっと落ちてしまうと思ったからだ。ついに二羽のフクロウは飛行をおえて、ジルは、かたくなった体をグリムフェザーの上からおろし、平らな地面に立った。冷たい風が吹いていて、あたりには木もない吹きさらしの場所のようだった。

「ホー、ホー！」グリムフェザーが呼んでいる。「起きろ、沼むっつり。起きろ。アスランの御用だぞ。」

しばらく返事はなかった。やがて遠くのほうから、ぼんやりとした明かりが近づいてきて、声が聞こえてきた。

「よお、フクロウだな！　どうした？　王さまが亡くなったか？　ナルニアに敵が上陸したか？　洪水か？　それともドラゴンか？」

明かりが目の前まで来ると、大きなランタンの明かりだとわかった。しかし、そのランタンを持っている人はあまりよく見えない。手足がとても長いようだ。フクロウたちはその人に話しかけて、いろいろ説明していたが、ジルはあまりにもくたびれて、聞く気にもならなかった。フクロウたちがジルにさようならを言っているとわかると、目をさまさなくちゃと思ったが、それからあとのことはよく思い出せない。ただ、やがて、ユースタスといっしょに身をかがめて、低い入り口からなかへ入り、それから（ああ、ありがたや）、なにかやわらかくて温かいものの上に横たわり、だれかがこう言ったのを、かろうじて覚えていた。

「さあ、これでいい。これぐらいのことしか、してあげられません。寒くて、ベッドもかたくて、しめっていて、一睡もできないでしょう。嵐や洪水があったり、小屋が頭の上にくずれてきたりしたら――いやぁ実際、あたしはひどい目にあいましたからね――まあ、そんな目にあわなくたって、どうせ眠れやしないでしょう。まあ、がまんして――」ところが、ジルは、最後まで聞く前にぐっすり寝入っていた。

あくる日の朝おそく、子どもたちが目をさますと、ふたりが寝ていたのは暗い場所にある、よく乾燥して温かいわらぶとんの上だとわかった。三角形をした入り口から朝日がさしこんでいる。

「ここ、どこかしら？」ジルが、たずねた。

「沼人の小屋のなかだよ」と、ユースタス。

「なんですって？」

「沼人さ。それがなにか聞かないでよ。ぼくも、ゆうべ、よく見えなかったんだから。さあ、起きて、さがしに行ってみよう。」

「服を着たまま寝たりすると、ずいぶん嫌な感じね。」ジルは、体を起こしながら言った。

「ぼくは、着替えずにすむのはいいなって思ってたところだよ。」

「顔を洗わなくてすむのもいいなって思ってたんでしょ。」

ジルが、さも軽蔑したように言った。けれども、ユースタスは、もう立ちあがって、あくびをして、ブルブルと体をふるわせ、小屋から這い出していったので、ジルもそうした。

外で目にしたのは、前の日に見たナルニアのようすとは、まるきりちがっていた。そこは広大な平原で、無数の水路によって分断され、数え切れないほどの小さな島に分かれていた。島々は荒い雑草に一面おおわれていて、島のまわりにはアシやイグサが生えている。ときどきイグサが四十アールほどひろがっているところもあった。カモや、シギや、サンカノゴイや、サギといった鳥の群れが、イグサにとまっては、また飛び立っていった。ふたりが一夜をすごしたものと似た小さな三角形のテントが、あちこちにたくさんあったが、たがいに、かなり離れていた。沼人たちは、ひとりでいるのが好きだったからだ。ここから南や西へ何キロメートルも離れたあたりに、森のはしが見えたが、それ以外は、木は一本も見当たらなかった。東のほうには平らな沼地がひろがっており、地平線のかなたの低い砂丘へとつながっていた。そちらから吹いてくる風に塩気があることから、むこうは海だとわかった。北は、背の低い白っぽい丘がつらなり、ところどころに大きな岩が張り出していた。そのほかは、平らな沼地だ。雨降りの午後などは、さぞ気が滅入る(めい)ような場所に思えただろう。だが、このときは朝日を浴び、さわやかな風が吹いて、空に鳥のさえずりが満ちていたので、この静けさにも、どこかすてきなすがすがしさが感じられた。子どもたちは、わくわくしていた。

「その、なんとかさんは、どこ行ったの?」と、ジル。

「沼人だよ」と、ユースタスは、まるでその言葉を知っているのが得意であるかのように言った。「きっと――おっ、あれがそうにちがいないよ。」

五十メートルほど離れたところに、こちらに背をむけて魚釣りをしてすわっている男の人が見えた。沼地とほとんど同じ色をしていたうえに、じっとすわったまま動かないので、最初はよくわからなかった。

「近づいて話しかけてみましょうよ」と、ジルが言い、ユースタスはうなずいた。ふたりとも少し緊張していた。

そばへ行くと、その人かげは、こちらをふりむいた。かなり落ちくぼんだほおをした長いやせた顔だ。口をぎゅっと結び、とがった鼻をしていて、ひげはない。ものすごく幅の広いつばのある、塔のように高いとんがり帽子をかぶっていた。大きな耳にかかっている髪の毛は――それが髪の毛と言えるのかわからないが――緑色っぽい灰色をしていて、たれた毛のふさはまるくなく、ぺしゃんこだったので、まるで小さなアシの葉のようだった。その表情は重々しく、顔色は泥のようで、生まじめな人なのだということがすぐに見てとれた。

「おはようございます、よいお天気ですね、お客さんがた」と、その人は言った。「よいと言っても、これから雨や雪になるかもしれないし、霧が出たり雷が落ちたりしないという保証もありませんがね。ちっとも眠れなかったんじゃありませんか。」

「いいえ、よく眠りました」と、ジル。「ぐっすり。」

「おやおや。」沼人は、首をふって言った。「うまくいかなくても、いいようにおっしやってくださるんですね。それはすばらしい。育ちがいいんですね、あなたがたは。物事のよい面を見ることをご存じだ。」

「あのう、あなたのお名前は？」と、ユースタス。

「沼むっつり、と申します。だけど、忘れてもらってもかまいません。いつでも教えてあげますから。」

子どもたちは、その人の両側にすわった。とても手足が長いので、体はこびとぐらいなのに、立ちあがると、たいていの人よりも背が高いとわかった。手の指には、カエルのように水かきがついていて、はだしのまま泥水のなかにぶらぶらさせている足先にも、水かきがついていた。土色の服は、体のまわりにぶらりとたれさがっているように見えた。

「うなぎを釣っていたんですよ。昼ごはんに、うなぎのシチューを作ろうと思いましてね」と、沼むっつりは言った。「まあ、釣れないかもしれませんがね。それに、釣れても、あなたがたのお気には召さないでしょう。」

「なぜですか？」と、ユースタス。

「あたしらの食事なんぞ、おいしいと思うはずがありませんからね。でも、きっと平気な顔をなさるのでしょう。とにかく、あたしが釣っているあいだに、おふたりで火をおこしてくださるとありがたいです。試してみても、損はありませんよ。たきぎが小屋の裏手にあります。ぬれているかもしれませんが。テントのなかで火をおこしてくださってもいいですが、そしたら煙が目にしみる。外で火をたくと、雨が降ってきて消えちまうでしょうがね。はい、これが火口箱(ほくちばこ)です。使いかた、きっとわからないでしょうね?」

けれども、ユースタスは、この前の冒険でそういったことができるようになっていた。子どもたちは、いっしょに三角テントへ駈(か)けもどり、たきぎ(すっかり乾いていた)を見つけて、思ったよりもずっと容易に火をつけることに成功した。それから、ユースタスがすわって火を消さないように気をつけているあいだ、ジルが近くの水路で手と顔を洗った――あまりよく洗えなかったが。そのあと、交替でジルが火のめんどうをみて、ユースタスが洗いに行った。ふたりとも、すっきりさっぱりしたが、おなかがぺこぺこにすいていた。

やがて、沼人がふたりのところへやってきた。うなぎが釣れそうもないと言っていたにもかかわらず、十二匹ほどつかまえていて、皮もはいで、内臓も取りのぞいてあった。沼人は、大きな鍋(なべ)をかけると、火をさかんにし、パイプに火をつけた。沼人がパイプにつめるタバコは、とても奇妙で、重い煙を出す。(どろとまざっているといううわさもあった。)子どもたちは、沼むっつりのパイプの煙は、ちっとも上にたちのぼらないことに気がついた。煙は、パイプからこぼれ落ちると、霧のように地面に沿ってたなびいた。真っ黒で、ユースタスは、咳きこんでしまった。

「さあて」と、沼むっつり。「このうなぎは、料理をするのに死ぬほど長い時間がかかるから、できるまでにあなたがたのどちらかが、おなかがすきすぎて、気を失ってたおれてしまうかもしれませんよ。ある小さな女の子がいたんですが――いや、その話はやめときましょう。あなたがたを陰鬱な気分にさせちまう。そんなことは、したくない。だから、空腹をまぎらわすために、これからの計画を話しあいましょうかね。」

「ええ、そうしましょう」と、ジル。「リリアン王子を見つけるのに、手助けをしてくれますか？」

沼人は、ほおをぺこっとへこませた。よくぞそこまでできるものだと驚くほど、へっこんでいる。

「《手助け》とおっしゃるが、そりゃどんなもんですかなあ」と、沼むっつり。「そもそも、だれかが《手助け》なんてできるもんですかねえ。一年のうちの今ごろじゃあ、あたしたちは、あんまり北へは行けませんよ、もうすぐ冬になりますからね。それに、どうやら今年は冬が早そうです。だからといって、がっかりすることはありません。きっと敵がやってきたり、山を越え川を越えて道にまよったり、食べるものがなくなったり、足を痛めたりして、あたしたちゃ、天気のことなんかかまっちゃいられないでしょうからね。それに、あたしたちが、たいして先に進めなかったとしても、おいそれと帰ってこられないほどには進めるんじゃないかな。」

ふたりの子どもたちは、沼人が「あなたがた」ではなく「あたしたち」と言っていることに気づいて、同時にさけんだ。

「あなたも、いっしょに来てくれるの？」

「そりゃあもちろん、いっしょに行きますよ。そのほうがいいでしょ。王さまが海外へお発ちになった今となっては、王さまが二度とご帰還なさるとは思えないし。それにご出発のとき、嫌な咳をなさっていたしね。それから、トランプキンだ。あの人は、どんどん老いぼれている。それに、今年の夏はひどい旱魃だったから、大した収穫は見こめない。どこかの敵が攻めこんでこないともかぎらない。まあ、あたしの言ったとおりになるでしょうよ。」

「それで、はじめは、どこへ行けばいいの？」と、ユースタス。

「そうですねえ」と、沼人は、とてもゆっくりと言った。「これまでリリアン王子をさがしに行った連中はみんな、ドリニアン卿が例の貴婦人を見たあの泉からさがしはじめています。たいていは、そこから北へ進みました。そして、だれひとり帰ってこなかったため、なにが起こったのかわからないんですよ。」

「巨人たちの廃墟の都を見つけるところからはじめなくちゃ」と、ジル。「アスランがそう言ったんだもの。」

「まず都を見つけるところからはじめるんですって？」と、沼むっつり。「都をさがすところからはじめちゃいけませんかね。」

「もちろん、そう言うつもりでした」と、ジル。「それで、それを見つけたら——」

「そう、見つけられるもんなら！」と、沼むっつりが、ひどくそっけなく言った。

「都がどこにあるか、だれも知らないの？」ユースタスが、たずねた。

「ほかのひとが知っているかどうかは知りませんよ」と、沼むっつり。「それに、あたしだって廃墟の都の話を聞いたことがないわけじゃありません。だけど、泉からさがしはじめてもだめです。エティン荒野を越えていかなきゃ。廃墟の都がどこかにあるとしたら、エティン荒野のむこうですよ。でも、たいていの人たちがやったように、あたしもそっちにずいぶん行っていますが、廃墟になんてぶちあたったことはありませんがね。うそじゃありませんよ。」

「エティン荒野って、どこですか？」と、ユースタス。

「あっちの北のほうをごらんなさい。」沼むっつりは、パイプで指しながら言った。「あそこに、山だの崖（がけ）だのあるでしょ？　あそこがエティン荒野のはじまりです。でも、あそことここのあいだに川が流れています。シュリブルっていう川がね。もちろん橋なんてかかっていません。」

「でも、浅瀬をわたれるでしょ」と、ユースタス。

「まあ、浅瀬をわたったやつはいます。」沼人は認めた。

「きっと、エティン荒野の人に会ったら、道を教えてもらえると思うわ」と、ジル。

「だれかに会えるのはたしかですね」と、沼むっつり。

「そこには、どんな人が住んでるの？」と、ジル。

「とんでもない連中だなんて、あたしが言う筋あいじゃないでしょう。あなたがたが、やつらのことを気に入るなんてこともあるかもしれないし。」

「でも、どんな人なの？」ジルが、かさねてたずねた。「この国にはずいぶんへんな生き物がいるでしょ。つまり、動物なの？　鳥とか、こびととかなの？」

沼人は、長い口笛を吹いた。「ヒュー！　ご存じなかったんですか？　フクロウたちから聞いてるんだと思っていました。巨人ですよ。」

ジルは、ひるんだ。巨人というのは、お話のなかに出てくる巨人でさえ、決して好きになれなかったし、悪夢のなかに一度、巨人が出てきたことがあったのだ。ユースタスの顔を見ると、その顔はかなり真っ青になっていたので、ジルは「あたしよりも、おじけづいてるわ」と思って、自分のほうが勇敢だと感じた。

「カスピアン王が、ずっと昔、海でいっしょだったとき、話してたけど」と、ユースタス。「カスピアンは、戦争で巨人たちをかなりやっつけて、貢ぎ物を送らせていたって。」

「それは、そうですよ」と、沼むっつり。「今じゃ、おだやかな関係にあります。あたしたちがシュリブル川のこっち側にいるかぎりは、悪さをしてきませんよ。だけど、荒野のむこう側の巨人の国に入ったら、いつあぶない目にあうかわかりゃしない。やつらに近づかないようにして、やつらがかっとしたりせず、こっちが見つかったりしなければ、もしかすると、だいじょうぶかもしれないなんてことがあるかもしれませんけどねえ。」

「おい、いいか！」ユースタスが、急に癇癪を起こして言った。おびえたときに人は怒りだすものだ。「きみが言うほど、ひどいはずはないよ。テントのベッドだって、きみが言うほどかたくなかったし、たきぎだってぬれてなかった。きみが言うほど絶望的なら、アスランがぼくらを送りこんだりしたはずないんだ。」

　ユースタスは、沼人が怒り返すかと思っていたが、沼人はこう言っただけだった。

「その調子ですよ、スクラブさん。そういう口のききかたをするのがいいんです。胸をはって平気な顔をなさい。だけど、癇癪には気をつけたほうがいい。これからいっしょに厳しい旅をするんですからね。口げんかをしてもしょうがありません。ともかく、あんまりすぐ、かっとならんことです。こうした冒険っていうのは、最後にはそんなふうに、ナイフで刺しあったりしてとちゅうでおわっちまうってことはわかっていますが、できるだけそういうのは先送りにして――」

「そんなに先行きが暗いと思うなら、きみは来なければいいさ。」ユースタスは、口をはさんだ。「ポウルさんとぼくだけで行けるもん。そうだよね、ポウルさん?」

「ばかなこと言わないでよ、スクラブくん。」ジルは急いで言った。沼人が真に受けてはたいへんだと思ったのだ。

「だいじょうぶですよ、ポウルさん」と、沼むっつり。「あたしは、まちがいなく同行します。こんな機会は逃(のが)したりしません。あたしのためにもなりますからね。あたしがおっちょこちょいだって、みんな言うんです――つまり、ほかの沼人たちがみんな言うんです。あたしが人生を深刻に考えてないって。一度ならず何度も何度も。『沼むっつりよ』と、みんな言うんです。『おまえは、あまりにも強気で、陽気で、調子がよすぎるぞ』って。人生は、カエル肉のフランス料理や、うなぎパイみたいなおいしいものばかりでできちゃいないって知るべきだって。もう少し地道にやったらどうだ。おまえのために言ってやっているんだぞ、沼むっつりよ。』そんなことを言うんです。ですから、こういう仕事は――ちょうど冬がはじまるってときにわざわざ寒い北へ旅をして、だれも見たことなんかありゃしない廃墟の都を手がかりにして、たぶんいもしない王子さまをさがすなんていう仕事は――まさに、あたしにおあつらえむきなんですよ。これで地道にやれなかったら、なにをやってもだめですね。」そう言うと、沼むっつりは、まるでこれからパーティーか、芝居見物へでも出かけるかのように、大きなカエルのような両手を、楽しそうにもみあわせた。「さあて」と、沼むっつりはつけくわえた。「うなぎができたかどうか、見てきましょう。」

食事が運ばれてくると、それはとてもおいしくて、子どもたちは、それぞれたっぷり二杯、おかわりをした。最初、沼人は、ふたりがほんとにおいしがっていると信じようとしなかったが、ふたりがあまりにもたくさん食べるものだから、信じざるを得なくなり、びっくりしてこう言った。「あとでひどくおなかをこわすでしょうよ。沼人の食べ物なんか、人間にとっちゃ、毒かもしれませんよ、ほんと。」

食事のあと、みんなはお茶を、ブリキのコップで飲んだ。（道路で働いているおじさんたちが使うようなブリキのコップだ。）沼むっつりは、四角く黒い瓶から、ちびちびとなにかを飲んだ。子どもたちにも飲むようにすすめたが、子どもには、とても飲めるしろものではなかった。

その日の残りは、翌朝早くに出発するための準備をした。ずっと体の大きな沼むっつりは、三人分の毛布に大きなベーコン肉をくるんで持っていくと言った。ジルは、うなぎの残りと、ビスケットと、火口箱を持っていくことになった。ユースタスのマントとジルのマントは、それを着ないときは、ユースタスが持って歩くことにした。ユースタスは（カスピアン王のもとで東の海へ航海したときに弓術を覚えたので）、沼むっつりの二番めによい弓を持ち、沼むっつりはいちばんいい弓を手にした。ただ、沼むっつりは、こう言った。

「風があるし、弦がしめったり、明るさがたらなかったり、指先がかじかんだりするから、ふたりのどちらかがなにかを射とめるなんて、一パーセントの確率でしょうね。」

沼むっつりとユースタスは、剣をたずさえた。ユースタスは、ケア・パラベルの自分の部屋にユースタスのために置いてあった剣を持ってきていたが、ジルは自分のポケットナイフでがまんしなければならなかった。このことで言いあらそいがはじまったが、ふたりが言いあうとすぐに沼むっつりが両手をこすりあわせながら、こう言った。

「ほうら、はじまった。そんなことだろうと思っていましたよ。冒険なんてすると、こんなふうになるのが落ちなんだ。」これを聞くと、ふたりはすぐにだまった。

三人は、テントのなかで早めに寝た。こんどは、子どもたちはかなりひどい夜をすごした。というのも、沼むっつりが、「あなたがたふたり、少しは寝ようとしたほうがいいでしょう。あたしらのうちだれかが今晩少しでも寝られるとは思いませんがね」と言ったとたん、ものすごくうるさいいびきをずっとかきはじめたからだ。ジルは、なんとか眠りについたが、一晩じゅう、道路に穴をあけるドリルの夢、ゴウゴウと落ちる滝の夢、トンネルのなかをゴーッと走る特急の夢を見て、うなされてしまった。

第六章

北の荒野

あくる日の朝九時ごろ、三つのさびしそうな人かげが、シュリブル川の浅瀬を飛び石伝いに、そろそろとわたっていた。水音の高い、浅い川で、北側の土手にみんなが着いたとき、ジルでさえ、ひざ上までぬれてはいなかった。そこから五十メートルほど進むと、地面がもりあがって荒野がはじまった。どこもかしこもけわしい斜面で、ところどころ、崖(がけ)になっていた。

「あそこを行けばいいんじゃないかな!」

ユースタスが左手、すなわち西をむいて指さした先には、荒野からひと筋の川が流れ出している小さな峡谷があった。けれども、沼人は首をふった。

「あの谷沿いには、巨人たちが住んでいます」と、沼人。「谷は、巨人たちの通り道みたいなもんです。まっすぐ行ったほうがよいでしょう。かなり急ですけどね。」

ここからなら斜面をよじのぼって行けるというところが見つかったので、そこを十分ほどよじのぼって、三人はあえぎながら台地の上に出た。そこから、谷間のナルニアの国をふり返って別れをおしみ、いよいよ北へ顔をむけた。広大で、がらんとした荒野が、どこまでも見わたすかぎりつづいている。左側には、大きな岩がごろごろところがっていた。ジルは、あちらは巨人たちのいる峡谷のはしにちがいないと思い、その方角は見ないようにした。三人は、歩きだした。

足もとは散歩をするにはなかなかいい、やわらかい地面だったし、白んだ冬の日ざしもきつくなかった。荒野の奥へさらに進んでいくと、ますますさびしくなった。タゲリの鳴き声がして、ときどきタカも見かけた。午前中のなかば、足をとめて、ひと休みし、小川の小さなくぼ地で水を飲んだりしていると、ジルはだんだん冒険が楽しくなってきたような気がして、そう口にしたら、「冒険は、まだはじまってもいませんよ」と、沼むっつりに水をさされた。

ひと休みしたあとで歩くのは――学校の休み時間のあとの午前中の授業や、乗り換えのあとの列車の旅のように――なかなかうまくいかないものだ。また歩きだしたとき、ジルは、いつのまにか峡谷の岩だらけのはしに近づいているのに気づいた。岩は平たいものが少なくなってきて、直立しているものが多くなってきた。実のところ、まるで小さな塔が立ちならんでいるようだった。しかも、なんてへんてこな形をしていることだろう！

「きっと巨人のお話って、こんなへんてこな岩から生まれたんじゃないかな」と、ジルは考えた。「うす暗いときにここにひとりで来たら、あのかさなった岩を巨人だと思っちゃうもの。ほら、あれ、見て！　いちばん上に載っかっているかたまりは、頭に見えちゃう。体にしては大きすぎるけど、みにくい巨人だとしたらありえるわ。それにあのぼさぼさ——本当はヒースや鳥の巣だろうけど、髪の毛やひげみたい。そして、両側からつきだしているのは、耳みたい。ものすごく大きいけど、巨人って、ゾウさんみたいに大きな耳をしてるんじゃないかしら。それに、ああああ！」

ジルは、血が凍る思いをした。その岩が動いたのだ。本当に巨人だったのだ。まちがいない。巨人は、こちらをふりむいた。ジルは、その大きな、おろかそうな、ほおをふくらませた顔をちらりと見た。そこにあったのは、どれも岩ではなく、巨人の上半身なのだった。四十人か、五十人ほど、ずらりとならんでいる。どうやら峡谷の底に足をつけて立ち、塀によりかかるように断崖によりかかって、ひじを断崖の上に載せているのだ。天気のいい朝に、朝食をおえてのんびりしている人のように。

「まっすぐ進んでください。」やはり巨人に気づいた沼むっつりが、ささやいた。「見ちゃだめです。しかも、なにがあっても走らないで。走ったら追いかけてきますから。」

そこで、三人は、巨人に気づかないふりをして進んだ。まるで、よその家の門の前にこわい犬がいるのを、知らんぷりして通りすぎるみたいだったが、それよりも事態は深刻だった。巨人は何十人もいたのだから。ただ、怒っているようには見えなかった。やさしそうにも見えなければ、こちらに興味をもっているようにも見えなかった。巨人たちが三人に気づいたようすはなかったのだ。

やがて――ビュン、ビュン、ビュン――空中をなにやら重たいものが飛んできて、みんなの二十歩ほど先に大きな岩石がドシンと落ちた。それから――ドシン――もうひとつ、六メートルほどうしろに落ちた。

「ねらわれてる？」ユースタスがたずねた。

「いいえ」と、沼むっつり。「ねらわれてたほうが、ずっと安全でしたね。やつらがねらってるのは、あれ、あそこの右にある石の塚です。あれには、当たりゃしませんよ。あっちは絶対安全。ものすごくへたくそですからね。天気がいい朝には、やつらはたいてい、石を的に当てるゲームをするんです。まあ、やつらには、こんなかんたんなゲームぐらいしか理解できないですからね。」

おそろしい時間だった。巨人たちはどこまでもずらりとならんでいて、石を投げるのをやめない。ものすごく近くに石が落ちてくることもあった。そうした本当の危険もおそろしかったが、巨人たちの顔を見たり声を聞いたりするだけでふるえあがってしまう。ジルは、できるだけそちらを見ないようにした。

二十五分ほどすると、巨人たちはどうやら口げんかをはじめたようだ。それで的当てゲームはおわったが、けんかをしている巨人たちのそばにいるのは楽しいものではない。巨人たちはあばれまわり、それぞれ二十音節ほどの長い意味のない言葉でたがいにばかにしあうのだ。口から泡を飛ばし、わけのわからないことを言い、怒って飛びあがり、飛びおりるたびに爆弾が落ちたように地面がゆれた。たがいの頭をいびつな石の巨大ハンマーでなぐるのだが、頭がとてもかたいのでハンマーはびょーんとはね返ってしまい、なぐったほうはハンマーを落として、指が痛いと泣きわめく。しかし、おろかなので、一分後にはまたそっくり同じことをしょうこりもなくやっている。けれども、長い目で見れば、これはありがたいことだった。というのも、一時間もすると、巨人たちはみんな痛がって、すわりこんで泣きだしたからだ。すわりこむと、断崖の上に出ていた上半身が見えなくなったが、大きな赤んぼうのようにわめいたり、泣きじゃくったりしている声がいつまでも聞こえた。三人がその場所から一キロメートル半ほど離れても、まだ聞こえていた。

その夜、三人は、がらんとした荒野で野宿をした。沼むっつりは、背中あわせで寝ることで二枚の毛布をじょうずに使う方法を子どもたちに教えてやった。（たがいの背中で温かくなれるし、毛布を二枚とも自分の上にかけられるからだ。）それでも、寝床はかなり冷えて、地面はかたくてゴツゴツしていた。沼人は、「これから先もっと北に行ったら、もっと寒くなると考えれば、ずっとましに思えますよ」と言ったが、そんなことを言われても、子どもたちはちっとも元気づけられなかった。
三人は何日もかけてエティン荒野を旅し、もっぱら荒野にいる鳥たち（もちろん、口をきく鳥ではない）をつかまえて食べ、持ってきたベーコン肉には手をつけずにとっておいた。ユースタスと沼むっつりが弓で射た鳥だが、ジルはユースタスが矢を的に当てられるのをとてもうらやましく思った。ユースタスは、カスピアン王との航海中に腕をきたえたのである。荒野には無数の川が流れていたので、水にこまることはなかった。本に人が動物を弓矢でしとめて食べる話は書かれていても、死んだ鳥の羽をむしったり、内臓をとったりすることがどんなにめんどうで、くさくて、嫌なことか、指先がどれほどかじかむか、決して書かれていないと、ジルは思った。けれども、もはや巨人に会うことがほとんどなくなったのは、ありがたいことだった。ひとりだけ巨人と出会ったが、その大男は大声で笑いだすと、どこかへドスンドスンと歩きさった。

十日めぐらいか。あたりのようすが一変した。荒野の北のはずれまで来たのだ。前方には、これまでとちがって、長く急な坂道の下に、荒涼たる土地がひろがっていた。坂をおりきった先は、崖だ。そのむこうには、高い山々がそびえ、切り立った暗い崖、岩だらけの谷、奥までは見えないほど深くせまい峡谷があり、黒い深淵へ落ちる水の音がひびきわたっていた。ずっと遠くの尾根に雪がつもっているのを指摘したのは、言うまでもなく沼むっつりだった。

「あの山の北側には、もっと雪がつもっていますよ。」沼むっつりは、つけくわえた。

坂をおりきるまで、しばらく時間がかかったが、坂の下から崖（がけ）をのぞいてみると、川が西から東へ流れているのが見えた。こちら側と同様、遠くのむこう側も、切り立った崖になっている。日が当たらない緑色の絶壁のあちらこちらから滝が流れ落ちていた。そのすさまじい音で、三人が立っている地面さえゆれた。

「不幸中のさいわいは」と、沼むっつり。「この崖から落ちて首の骨を折れば、川でおぼれ死にしなくてすむってことですねえ。」

「あれは、なに?」ふいにユースタスが、左側の上流を指さした。そちらを見ると、思ってもみなかったものがあった。橋だ。しかも、なんという橋だろう！　こちらの崖のてっぺんから、むこうの崖のてっぺんまで、巨大な一本のアーチがかかっていて、峡谷をまたいでいるのだ。そのアーチのいちばん高いところは、ちょうどロンドンの街なみからセントポール大聖堂の丸屋根がぬけ出して見えるように、崖よりも高くそびえていた。

「うわあ、巨人の橋ね！」と、ジル。

「あるいは、魔法使いの橋かもしれませんよ」と、沼むっつり。「こんなところにかけられた魔法には気をつけなければなりません。罠（わな）だと思います。あたしたちがまんなかまでわたったところで、フッと、霧みたいにとけて消えてしまうんでしょ。」

「ああ、たのむから、がっかりさせるようなことを言わないでくれよ」と、ユースタス。「どうしてちゃんとした橋じゃないなんて言うんだい？」

「来るときにすれちがった巨人たちの一体だれが、こんなものを造れると思いますか？」

「でも、さっきの巨人たちが造ったんじゃないかもしれないでしょう？」と、ジル。「つまり、何百年も前に住んでいた巨人たちが造ったかもしれないわ。今の巨人たちよりもずっとかしこい巨人たちが。あたしたちがさがしている巨人の都も、その巨人たちが造ったのかもしれない。ってことは、あたしたちがちゃんとした道をたどってきたってことよ。あの古い橋は、古い都へ通じているんだわ！」

「頭いいな、ポウルさん」と、ユースタス。「そうにちがいないよ。さあ、行こう。」

そこで、三人はむきを変えて、橋を目指した。着いてみると、橋はたしかにしっかりしているように思われた。使われている石は、ストーンヘンジの石ほど巨大で、かつては腕のいい石工が切り出したにちがいないが、今ではボロボロにくずれていた。橋の欄干には、どうやらりっぱな彫刻が施されていたようで、あとが残っていた。巨人や、ミノタウロスや、イカや、ムカデや、おそろしい神々の顔や姿が浮き彫りにされていた。沼むっつりは、まだ信用したわけではなかったが、子どもたちといっしょに橋をわたることに同意した。

　橋のてっぺんまでのぼるのはつらく、時間がかかった。あちこちの大きな石がぬけ落ちていて、おそろしい穴ができていた。穴から何百メートルも下に、泡をたてて流れている川が見えるのだ。足下を、ワシが飛んでいくのも見えた。高くのぼればのぼるほど寒くなってきて、風があまりにも強く吹くため、立っているのもやっとだった。橋もなんだかゆれているように感じられた。

　橋のまんなかに着いて、こんどはくだるほうが見えてくると、古の巨人たちが造った道路の名残りのようなものが、前方に山の奥までずっとつづいているのが見えた。道にしきつめられていた石は、ほとんどなくなっていて、残った石のあいだから雑草がぼうぼうと生えていた。見ると、その古い道のむこうから、ふつうの大きさの人間がふたり、馬に乗ってやってくるではないか。

「とまらないで。あの人たちのほうへ進みましょう」と、沼むっつり。「こんなところで出会うのはたいてい敵だろうけれど、こわがっているようすを見せちゃいけません。」

　橋をわたりきって草地におりたったころには、ふたりの見知らぬ人はとても近くまで来ていた。ひとりは騎士で、顔当てをおろした鎧にすっかり身をつつみ、鎧も馬も真っ黒だ。盾にはなんのもようもなく、槍の先に小旗もついていない。もうひとりは、白い馬に乗った貴婦人だった。馬は、思わずその鼻にキスをして角砂糖をあげたくなるほど、とてもかわいらしい馬だった。けれども、きらめくような緑の長いドレスをなびかせて、鞍(くら)の上に横ずわりしていた貴婦人のほうが、もっともっとすてきだった。

「こんにちは、旅のおかたッ。」

貴婦人は、さわやかな小鳥のさえずりのような、すてきな声で呼びかけた。「たッ」と、楽しそうに、はねるように言ったので、いっそう小鳥のようだった。

「お若い巡礼さんもいらっしゃるのね、こんな荒野なのに。」

「そうです。」沼むっつりが、警戒をして、かた苦しい言いかたをした。

「あたしたち、巨人の廃墟(はいきょ)の都をさがしているんです」と、ジル。

「廃墟の都ですってッ？」と、貴婦人。「それはまた、不思議なところをおさがしね。それを見つけてどうなさるの？」

「あたしたち――」と、ジルが言いかけたが、沼むっつりが口をはさんだ。

「失礼ですが、どちらさまでしょうか。あなたのお友だちも――とても無口でいらっしゃいますが――あなたのことも、あたしたちは存じあげません。できれば、知らないかたに、あたしらのことをお話ししたくはないのです。お話しできるとしたら、あたりさわりのない天気の話でしょう。少し雨でも降りそうですかねえ。」

貴婦人は笑った。おどろくほど豊かで、音楽のような笑いだ。

「まあ、子どもたち。かしこくて厳粛な案内人がいてよかったわね。この人がご自分の考えにしたがっても、私はこの人のことを悪くは思いませんけれど、私は私自身の考えにしたがって、言いたいことを言わせていただくわ。巨人の廃墟の都の名前はよく耳にしたことがありますが、そこへ行く行きかたを教えてくれた人には会ったことがありません。この道を行くと、ハルファングの城下町に出ます。そこにはやさしい巨人たちが住んでいます。温厚で親切で、分別があり、礼儀正しいのよ。エティン荒野の巨人たちがおろかで乱暴で、野蛮で、ひどいことばかりするのとは大ちがい。ハルファングで廃墟の都の話を聞けるかどうかはわからないけれど、ちゃんとしたところに泊まれて楽しいもてなしを受けることだけはまちがいないわ。そこで冬を越すか、少なくとも数日滞在なさって、体を休めて気分を一新なさるのがよろしいでしょう。熱いおふろもあれば、やわらかいベッドも、明るい暖炉もありますからね。一日に四回、あぶったお肉や焼いたお肉、お菓子やお酒がテーブルにならびますよ。」

「すごいや!」ユースタスが、さけんだ。「そりゃあいいなあ! またベッドで寝られるなんて!」

「そうね、それに熱いおふろも」と、ジル。「泊まっていきなさいって言ってもらえるかしら。だって、知らない人たちでしょ。」

「こう言えばいいのよ」と、貴婦人。「緑の衣の貴婦人がよろしくと言って、秋祭りのために美しい南方の子どもふたりをおよこしになりました、と。」

「まあ、ありがとう。ありがとうございます。」ジルとユースタスが言った。

「でも、気をつけてね」と、貴婦人。「ハルファングにいつ着くにせよ、おそくなってからお城の門に行かないように。お昼をすぎて二、三時間もすると城門は閉じてしまい、いったんかんぬきをかけたら、どんなに門をたたこうと、決してあけないことになっているのよ。」

子どもたちは目をキラキラさせて、もう一度貴婦人に礼を述べ、貴婦人は子どもたちに手をふった。沼人はとんがり帽子をぬいで、しゃちほこばって、おじぎをした。それから無言の騎士と貴婦人は、パカパカと馬のひづめも高らかに、橋の上へのぼっていった。

「ふうむ！」と、沼むっつり。「あの女がどこから来てどこへ行くのかわかったもんじゃないぞ。巨人の国の荒野で出会うようなタマじゃない。なにか悪いことをたくらんでいるんだ。」

「おい、やめろよ！」と、ユースタス。「とってもすてきな人だったじゃないか。それに、あったかいごはんとあったかい部屋のことを考えてもごらんよ。ハルファングまで遠くないといいんだけどなぁ。」

「あたしもそう思う」と、ジル。「それに、すてきなドレスだったじゃない？　そしてあの馬！」

「なんにしても」と、沼むっつり。「あの女について、もうちょっとわかったほうがいいんだがな。」

「あたし、あの人のことをいろいろ聞きたかったんだけど」と、ジル。「あなたが、あたしたちのことを話さないなんて言うから、聞けなかったじゃない。」

「そうだよ」と、ユースタス。「それに、どうしてそんなにかた苦しくして、よそよそしくしたんだい？　あのふたりが嫌いだったの？」

「あのふたりですって？　ふたりってだれです？　あたしには、ひとりしか見えませんでしたよ。」

「あの騎士、見えなかったの？」ジルがたずねた。

「鎧はありましたね。なぜ口をきかなかったんでしょう？」

「はずかしかったんじゃない？」と、ジル。「じゃなきゃ、あの女の人を見つめて、あのすてきな声を聞いていたかったのよ。あたしだったらそう思うわ。」

「考えていたんですが」と、沼むっつり。「あの兜の顔当てをあげて、なかをのぞいたら、なにが見えたでしょう？」

「ばかを言うなよ」と、ユースタス。「鎧の形を考えてごらんよ。人間が入ってるに決まってるさ。」

「がいこつかもしれません。」沼むっつりは、気味の悪い笑いを浮かべて言った。それからまた思いついて、こうつけくわえた。「あるいはひょっとすると、なにも入っていなかったのかもしれません。つまり、目に見えない、透明人間とか。」

「あのね、沼むっつり。」ジルが、ぞっとして言った。「あなたって本当にへんなことばかり考えるのね。あのふたりがなんだって言いたいの？」

「ああ、こいつの考えなんかどうだっていいさ」と、ユースタス。「いつだって悪いほうに悪いほうに考えていて、結局まちがってるんだ。やさしい巨人さんたちのことを思って、できるだけ早くハルファングへ行こうよ。どれくらいで着けるのかわかったら、よかったのになあ。」

こうして、沼むっつりが予言したとおり、三人は初めて言いあらそうことになった。もちろんジルとユースタスは、これまでにもぽんぽん言いあったり、憎まれ口をたたいたりしたが、これほど深刻な意見の不一致は経験したことがなかった。沼むっつりは、ハルファングへ行くことに反対した。巨人たちの「やさしさ」なんてどんなものか知れたものではないし、ともかく、巨人たちがやさしいかどうか別としても、アスランのしるしには、巨人のところに泊めてもらう話など出てこないじゃありませんかと言うのだ。いっぽう、子どもたちは、雨や風にさらされるのはもうこりごりだったし、やせた鶏肉をたき火であぶって食べるのにも、冷たい大地の上にそのまま寝るのにも、うんざりしていたから、どうしてもやさしい巨人たちに会いに行くことに決めていた。最後には沼むっつりが折れたが、ひとつ条件を出した。沼むっつりがいいと言うまでは、ふたりがナルニアからやってきたことや、リリアン王子をさがしていることを巨人たちに絶対話さないという約束だ。ふたりがその約束を守ると言ったので、三人は出発した。

あの貴婦人との出会いののち、こまったことがふたつ起こった。第一に、土地がずっとけわしくなった。道はどこまでもつづくせまい谷のあいだを通って下っていき、冷たい北風がずっと顔に吹きつけた。あたりは荒れ地だったから、たきぎになるようなものはなにもなく、キャンプができるような小さなほら穴もない。地面は石でゴツゴツしていたから、そこを歩いていく日中は足が痛くなったし、そこで横になって寝る夜は、体じゅうが痛くなった。

第二に、あの貴婦人がどういうつもりでハルファングのことを話したのかはわからないが、実際に子どもたちに与えた影響は悪いものだった。考えることといったら、ベッドやおふろや温かい食べ物のことばかりで、城のなかに入れたらなんてすてきだろうということしか思い浮かばないのだ。アスランのことは話題にのぼらず、行方不明の王子のことも口にされなくなった。ジルは、毎朝毎晩しるしを唱える習慣もやめてしまった。最初ジルは、今日はくたびれすぎたから唱えないと言い訳をしていたが、やがてすっかりしるしのことを忘れてしまった。ハルファングに着いたらさぞ楽しいだろうと考えれば元気が出ると思うかもしれないが、実際には今の自分たちがみじめになるだけで、おたがいに文句を言いあい、沼むっつりにもぞんざいな口のききかたをするようになってしまったのだ。

とうとう、ある日の午後、今まで歩いていた峡谷がひらけて、両側に暗いモミの森がある場所へと出てきた。前方を見ると、ようやく山地をぬけ出たようだとわかった。前には、荒れ果てた岩だらけの平原があった。そのむこうには、ずっと遠くに雪を頂いた山々が見える。しかし、その山々の手前に、てっぺんが平らになって少しゴツゴツした低い丘がひとつあった。

「ほら！　見て！」ジルが、平原の先を指さして、さけんだ。せまりくる夕闇のなか、平たい丘のむこうに、明かりが見えた。

明かりだ！　月明かりでもなく、火でもない。家々の窓に明かりがともって、ならんでいるのだ。もしみなさんが何週間もずっと、昼も夜も荒野でさまよっていたとしたら、三人がどんな気持ちになったか、おわかりになったことだろう。

「ハルファングだ！」ユースタスとジルは、うわずった、よろこびの声をあげた。

「ハルファングですね」と、沼むっつりがどんよりとした憂鬱そうな声で言ったが、こうつけくわえた。「おや、野ガモだ！」そして、さっと肩から弓をとって射た。落ちてきたのは、まるまる太ったおいしそうなカモだった。その日、ハルファングに入るにはおそすぎたが、三人は火をたいておいしい食事をして、この一週間ほどのどの夜よりも、暖かい夜をすごした。火が消えると、かなり冷えこんだ。翌朝、目がさめてみると、毛布は霜でガチガチに凍っていた。

「まあいいわ！」ジルが足を踏みしめながら言った。「今晩は、熱いおふろに入れるんだもの！」

第七章

奇妙なみぞのある丘

とんでもない一日だった。上を見あげれば、太陽のない空が雪もようの重たい雲におおわれていて、下を見れば、黒ずんだ霜が降りていた。しかも吹きつける風ときたら、まるで、肌がちぎれてしまうのではないかと思えるほど冷たいのだ。その平たい丘に着いてみると、古い道はこれまで以上に荒れ果てていた。割れた大きな敷石を選びながら、歩けるところを見つけていかなければならず、砂利やがれきのあいだを歩くはめになった。痛む足にはつらい道だったが、どんなにつかれていても、あまりにも寒くて立ちどまることすらできなかった。

十時ぐらいになると、初めて雪がひらりひらりと舞いはじめ、ジルの腕にふれた。十分後、雪はどんどん降ってきた。二十分もすると地面は真っ白になった。三十分もするとすっかり吹雪になり、顔に雪が吹きつけてなにも見えなくなり、一日じゅうつづきそうな勢いだった。

そのあと起こったことを理解するために、三人はほとんど目が見えていなかったことを忘れないでほしい。明かりのともった窓が見えた場所より手前にある、背の低い丘に近づいていたとき、その丘はほとんど見えなくなっていた。ほんの数歩先しか見えず、それだって目をぎゅっと細めて見なければならなかった。言うまでもなく、だれも口をきかなかった。

丘のふもとにたどりついたとき、両側に岩らしいものがちらりと見えた。よく見れば四角い岩だとわかったはずだが、よく見ている場合ではなかった。三人は、行く手をはばんで目の前に横たわる大きな岩棚に気をとられていたのだ。その岩棚のせいで、およそ一メートル二十センチほどの段差ができていた。足の長い沼人は、ひょいとその上に飛び乗り、あとから来るふたりを引っぱりあげた。沼むっつりには、たいしたことではなかったけれども、岩棚の上に雪が深くつもっていたために、子どもたちは、びしょびしょになって嫌な思いをした。あがってみると、百メートルほどかなりゴツゴツしたのぼり坂になっていて、ジルは一度ころんだ。そうしてふたつめの岩棚のところへ着いた。そうした岩棚が、まったく不規則な間隔で四段もあった。

四つめの岩棚を苦労してよじのぼると、ついにその丘の平らな頂上に着いたとわかった。それまでは段差があったおかげで風や雪を少ししのげていたが、ここでは風がまともに吹きつけた。というのも、奇妙なことに、この丘は、遠くから見えたとおりに、てっぺんが平らだったからだ。まっ平らな台地になっているせいで、吹雪がびゅうびゅうと吹きつけるのだ。風が吹き飛ばしてしまうものだから、雪はほとんどつもっていなかった。強風で雪は幕のように、あるいは雲のように舞いあがり、三人の顔に吹きつけていた。足もとでは、氷の上で発生するような激しい雪の小さなうず巻きができた。それに、あちらこちらの地面は、実際、氷のようにつるつるに凍っていた。ところが、まずいことに、妙な形をした土手や堤防のようなものがあたりを縦横に走り、台地の表面を四角や長四角に区切っていた。そうした土手を、ひとつひとつ、よじのぼっていかなければならない。高さは六十センチから一メートル半ほどと、まちまちだったが、奥行きは二メートルほどあった。その北側には、雪が深い吹きだまりになっていたので、土手を越えるたびにその吹きだまりに落ちて、びしょぬれになるのだった。

ジルはフードをかぶって頭をさげ、かじかんだ両手をマントの下に入れて、がんばって進んでいたが、そのひどい台地の上にある、なにかほかの異様なものがちらりと見えた。右手のほうに、工場のえんとつのようなものが、ぼんやりと立ちならんでいる。左手には、どんな崖(がけ)もここまで切り立っていないだろうと思われるほどの巨大な絶壁があった。けれども、ジルは、少しも気にとめず、それがなんだろうと考えもしなかった。考えていたのは、ただ手が冷たいこと（鼻もあごも耳も冷たいこと）、そして、ハルファングでの熱いおふろとベッドのことだった。

ふいにジルは足をすべらせ、一メートル半ほどずるずるとすべって、なんとおそろしいことに、それまでは見えなかったのに急に目の前にぱっくりと現れた（と思えた）せまくて暗い割れ目に落ちてしまった。ジルは、あっという間に割れ目の底に着いた。そこはどうやら塹壕のようになっていて、幅は九十センチぐらいしかない。落ちたことで動揺したものの、気づいてみれば、吹きつける風がなくなってほっとしていた。みぞの壁は、ジルよりも高くそびえていた。つぎに気づいたのは、当然ながら、みぞのふちから顔を出してこちらを見おろしているユースタスと沼むっつりの心配そうな顔だった。

「けがをしたかい、ポウルさん？」ユースタスが、さけんだ。

「両足とも折れていても、おどろきませんよ。」沼むっつりが、さけんだ。

ジルは立ちあがって、だいじょうぶだと言ったが、そこから出るには、ふたりの力を借りる必要があった。

「そこ、どうなってるの？」ユースタスが、たずねた。

「塹壕みたいなところ。と言うか、地下の通路みたい」と、ジル。「まっすぐつづいてるわ。」

「そうだ！」と、ユースタスが言った。「北へつづいている！　そこ、道みたいになってるの？　そうだとしたら、そこにおりれば、この地獄みたいな風をさけられるってわけだね。足もとは、雪が深いかい？」

「雪なんてないわ。ぜんぶ上で吹き飛ばされてるんだと思う。」

「先はどうなってる？」

「見えないわ。見てくる。」ジルは立ちあがって、みぞに沿って歩いていったが、あまり行かないうちに、みぞは急に右に曲がっていた。ジルは、このことを大声でふたりに伝えた。

「角を曲がると、どうなってる？」ユースタスがたずねた。

さて、ジルは、曲がりくねった通路とか、地下の暗い場所とかいったところに対して、ユースタスが崖っぷちで感じたのと同じような恐怖を感じる子だった。ジルは、その角をひとりっきりで曲がるのは絶対嫌だった。とりわけ、沼むっつりが、うしろからこんな声をかけてきたものだから、たまらない。

「気をつけて、ポウルさん。そんなところは、ドラゴンの洞窟（どうくつ）につづいているかもしれないよ。巨人の国じゃ、巨大なミミズとか、巨大なカブトムシが、いるかもしれないし。」

「この先、どこへも行けないんじゃないかしら。」ジルは、大あわてでひき返しながら言った。

「どこへも行けないって、どういうことだよ」と、ユースタス。「ぼくが、おりて見てやるよ。」そこで、ユースタスは、みぞのへりにすわって（このときには、だれもがびしょぬれだったので、ぬれることなんかもう気にしなかったのだ）、それから下へ飛びおりた。ユースタスは、なにも言わずにジルを追いぬいたが、ジルは、自分がおじけづいたことがばれてしまったと思った。ジルは、ユースタスのすぐうしろについていったものの、決して前に出ないように気をつけた。

ところが、調べてみると、がっかりだった。右に曲がる角を曲がって数歩進むと、道が分かれていた。まっすぐ行く道のほかに、さらに右九十度に曲がる道があったのだ。

「まずいな」と、ユースタスは、右に曲がる角に目をやりながら言った。「あっちだと、もとへもどって、南へ行くことになる。」

ユースタスは、まっすぐ進んだが、また数歩歩くと、また右に曲がることになった。こんどは、ほかの道はない。ここまでたどってきたみぞは、ここで行きどまりになっていたのだ。

「だめだ。」ユースタスは、ぶつぶつ言った。ジルは、すぐにまわれ右をして、先に立ってひき返しはじめた。ジルが最初に落ちたところまでもどってくると、長い手をした沼むっつりがやすやすとふたりを引きあげてくれた。

けれども、ふたたび台地の上にあがるのは嫌なものだった。細いみぞにいたときは、凍っていた耳にも血が通いはじめていたのだ。目も見え、息もつけるようになって、さけばなくても相手の言うことが聞こえたというのに、あのうんざりするような寒さのなかに逆もどりするなんて、悲劇以外のなにものでもない。よりによってそんなときに沼むっつりがこう言ったのは、ひどいように思われた。

「あのしるしは、ちゃんと覚えてますか、ポウルさん。今、したがうべきしるしはなんですか?」

「もう、やめて！　しるしなんて、どうでもいい」と、ジル・ポウルは言った。「アスランの名前を言った人がどうとかってことだったと思うけど。今こんなところで、おさらいしてる場合じゃないわよ。」

おわかりのとおり、ジルは順番をまちがえていた。それというのも、毎晩しるしを口にするのをやめてしまっていたからだ。一所懸命思い出そうとすれば、まだ思い出せたのだが、もはや、言われてすぐ、考えずにさっと言えるほど「熟達」してはいなかった。沼むっつりにたずねられて、むっとしてしまったのは、ちゃんと覚えておかなければならないアスランの教えを忘れてしまっていたことで、うしろめたい気持ちになっていたからだった。うしろめたいうえに、あまりにも寒くてつかれていたために、「しるしなんて、どうでもいい」なんて口走ってしまったのだ。たぶん本気ではなかったはずだ。

「へえ、それがつぎなの？」と、沼むっつり。「ほんとかなあ？　なんかごっちゃにしていませんか？　この丘、あたしたちがいるこの平たいところ、ちょっと足をとめてよく見たほうがいいんじゃありませんかね？　気がつきましたか、あの――」

「まったくもう！」と、ユースタス。「今、景色を楽しんでる場合じゃないだろ？たのむから、先へ進もうよ。」

「あらら、見て、見て、見て。」ジルがさけんで、指さした。みんなふり返って見た。北の方角の少し先のほう、みんなが立っている台地よりもずっと高いところに、光の列が現れたのだ。こんどは、ゆうべ見たときよりもずっとはっきり、窓だとわかった。あちこちにある小さな窓を見れば、寝室の窓だと思って心がなごんだし、大広間を思わせる大きな窓を見れば、暖炉で火がパチパチ燃えていて、温かいスープや汁のしたたるサーロインステーキがテーブルの上で湯気をたてているようすが思い浮かんだ。

「ハルファングだ！」ユースタスが、さけんだ。

「そりゃ、けっこうなことですがね」と、沼むっつり。「あたしが言いたかったのは――」

「もう、だまってて。」ジルが、つむじを曲げて言った。「ぐずぐずしてられないわ。あの貴婦人が門は早くに閉まっちゃうって言ってたの、覚えてないの？　おくれないようにしなくちゃ。絶対、絶対よ。こんな夜に閉めだされたりしたら、死んじゃうもの。」
「まあ、まだ夜ってわけじゃない。まだですよ。」沼むっつりは言いはじめたが、ふたりの子どもたちは、どちらも「行こう」と言って、つるつるした台地の上をよろめくようにして全速力で駈(か)けだした。沼むっつりもあとを追った。まだなにやら話しつづけていたが、ふたりはまた風にむかって突進していたので、たとえ聞きたくても声は聞こえなかったし、聞きたいとも思っていなかった。ふたりが考えていたのは、おふろのこと、ベッドのこと、温かい飲み物のことだった。ハルファングに着くのがおそすぎて閉めだされるなんて、考えただけでたえがたく思われた。

　急いだにもかかわらず、その丘の平らなてっぺんを走っていくのに、ずいぶん時間がかかった。はしまで来ても、さらに先へおりるには、岩棚をいくつか、しがみつくようにしておりなければならない。けれども、ようやく下に着いて、ハルファングがどんな感じか見わたすことができた。

　ハルファングの城下町は、高い岩の上にあった。高い塔がたくさんあったものの、城というよりは、大きなお屋敷のような感じだった。明らかに、やさしい巨人たちは、攻撃を恐れていないようだ。外壁の、地面にかなり近いところまで窓があった。本格的な砦(とりで)だったら、そんな窓はついていないものだ。あちこちに小さなドアがついているので、中庭を通らずともすぐ城へ出入りできた。それを見て、ジルとユースタスは元気になった。この場所が親しみやすく思われ、なかへ入ってもだいじょうぶと思えたのだ。

最初、岩が高くて急なのでこわいと思ったが、左のほうに、上へのぼる道がぐるりとまわっているのがわかった。これまでつらい旅をしてきたあとだから、のぼるのはかなりたいへんで、ジルはもう少しで音をあげるところだった。ユースタスと沼むっつりは、最後の数百メートルのあいだ、ジルを助けてやらなければならなかった。とうとう、三人は城門の前に立った。格子の柵はあがっていて、城門はあいている。どんなにつかれていても、巨人の住む城の玄関に入っていくには度胸が必要だ。ハルファングへ行くことにずっと反対をしてきたにもかかわらず、いちばん勇気を示したのは沼むっつりだった。

「しっかりとした足どりで行きましょう」と、沼むっつり。「なにがあろうと、こわがっているところを見せてはだめです。こんなところに来るなんて、世界一ばかなことをしてしまったわけですが、来た以上は、どうどうとしてなきゃだめです。」

そう言うと、沼むっつりは、城門のなかへのっしのっしと入っていき、声がひびくアーチの下で立ちどまって、できるかぎりの大声をはりあげた。

「おおい！　門番！　客だ。泊めてもらいたい。」

なにかが起こらないかと待っているあいだ、沼むっつりは帽子をとり、その幅広のつばにつもっていた重たい雪を払いのけた。

「ねえ」と、ユースタスは、ジルにささやいた。「いつもがっかりさせることばかり言う人だけど、ずいぶん勇敢で、大胆じゃないか。」

門が開き、うれしい火の光がこぼれてきて、門番が姿を見せた。ジルは、悲鳴をあげてしまいそうで、くちびるをぎゅっと嚙(か)んだ。門番は、ものすごく大きな巨人というわけではなかった。つまり、りんごの木よりはずっと背が高かったが、電柱ほど高くはなかったということだ。ごわごわの赤毛で、金属片が全面についた革の上着を着ていて、まるで鎖帷子(くさりかたびら)を着ているようだった。ひざはむきだしで（かなり毛むくじゃらで）、足には巻きゲートルみたいなものをつけていた。門番は身をかがめ、目をまるくして沼むっつりを見つめた。

「で、あんたらは、なんなんだね？」門番が言った。

ジルは、こわいのをがまんして勇気を出した。

「おねがいです。」それから、巨人を見あげてさけんだ。「緑の衣の貴婦人が、やさしい巨人の王さまへご挨拶申しあげ、南方の子どもふたりと、この沼人（名前は沼むっつり）を、あなたがたの秋祭りのためによこしました。もちろん、そちらのご都合がよろしければですが。」

「ほお！」と、門番。「そうなると、話がちがうね。お入りなさい、小さいかたがた、お入りなさい。陛下にお伝え申しあげるあいだ、この門番小屋にいてください。」

門番は子どもたちを興味深そうに見た。「青い顔だな」と、門番。「こんな色をしてるとは知らなんだ。どうでもいいが。あんたら、おたがいにいい顔だと思ってるんだろうな。カブトムシはカブトムシが好きになるっていうもんな。」

「あたしたちの顔が青いのは寒いからです」と、ジル。「ほんとは、こんな顔色じゃないんです。」

「じゃあ、なかへ入って温まりなさい。お入りよ、小エビちゃん」と、門番は言った。

三人は、あとについて、門番小屋に入った。入ったあとで巨大なドアがバタンと大きな音をたてて閉まったのはかなり嫌な感じだったが、ゆうべの夕食時以来ずっと待ち望んでいたものを目にしたとたん、そんなことは忘れてしまった。暖炉があったのだ。しかも、なんてすてきな火だろう！　まるで、木がまるごと四、五本燃えているかのようで、あまりにも熱くて、数メートルは離れていなければならなかった。だが、みんな、レンガの床にぺたんとすわり、がまんできるところまで火に近づき、大きなため息をほっとついたのだった。

「さて、若いの」と、門番は、部屋のうしろのほうにずっとすわっていた別の巨人に言った。その巨人は目が頭から飛び出しそうな勢いで、客たちをじっと見ていた。

「ひとっ走りして、この知らせを宮殿に伝えてくれ。」そして、門番は、ジルから言われた言葉を伝えた。若い巨人は、もう一度見つめると、大きなばか笑いをしてから、部屋を出ていった。

「さあて、カエル野郎。」門番は、沼むっつりに言った。「どうやらあんたを元気づけてやらなければならんようだな。」門番は、沼むっつりが持っていたのととてもよく似ているが、二十倍も大きな黒い瓶を取り出した。

「ええと。そうだな」と、門番。「コップをやったら、おまえは、おぼれちまうな。このええっと。この塩入れがちょうどいい。このことは宮殿ではないしょだからな。この塩入れが勝手にここに来たんだ。おれのせいじゃないからな。」

塩入れは、私たちのとはちがって、ずっと細くて背が高かったので、沼むっつりにとってちょうどいいコップになった。巨人がそれを沼むっつりのそばの床に置いたとき、子どもたちは、あんなに巨人たちのことを疑ってきた沼むっつりのことだから、きっとことわるのだろうと思った。ところが、沼むっつりは、「こうしてなかへ入って、ドアも閉められちまった今となっては、用心してもしかたがない」と言って、飲み物のにおいをくんくんとかいだ。

「においは、だいじょうぶだ」と、沼むっつり。「だけど、それだけじゃなにもわからない。たしかめたほうがいいな。」そして、一口すすった。「味もだいじょうぶだ。

でも少しだけなら、だいじょうぶなのかもしれない。ゴクンと飲むとどうかな？」沼むっつりは、ゴクンと飲んだ。「うまい！　だけど、最後までそうかな？」もう一口飲んだ。「底のほうに嫌なものがあっても、不思議じゃない。」すっかり飲みほした。沼むっつりは、くちびるをなめて、子どもたちに言った。

「これは毒見ですからね。あたしが身をよじったり、爆発したり、トカゲに変わったりしたら、なにを出されても、飲み食いしちゃだめですよ。」

ところが、あまりにも高いところに頭があるために、沼むっつりがこそこそと言っていることが聞こえない巨人は、大声で笑って言った。

「おい、カエル野郎、たいした人間だ。たいらげたじゃないか。」

「人間じゃない。沼人ら。」沼むっつりは、いくぶんはっきりしない声で答えた。「カエルでもない。沼人ら。」

そのとき、うしろのドアが開いて、若い巨人が入ってきて言った。

「すぐにそいつらを玉座の間へ連れてこいって。」

子どもたちは立ちあがったが、沼むっつりはすわったまま言った。

「沼人。沼人ら。りっぱな沼人ら。沼人をばかにするら。」

「若いの、ご案内しろ。」巨人の門番が言った。「カエル野郎を運んでやるといい。ちょいと酒を飲みすぎたからな。」

「あたしゃ、だいじょうぶれす」と、沼むっつり。「カエルじゃない。あたしゃ、カエルらもんか。りっぱな、ぬまびろら。」

ところが、若い巨人は沼むっつりの腰のあたりを持ってつまみあげ、子どもたちについてくるように合図した。こうしてぶざまなかっこうで、一同は中庭を通っていった。巨人につかまれていた沼むっつりは、むなしく空中をけっていて、ほんとにカエルのように見えた。ただ、そんなことを気にする間もなく、一同は城の大きな戸口をくぐった。ふたりの心臓は、いつもより早く打っていた。そして、巨人におくれないように急いで、いくつもの廊下を歩いていくと、ある巨大な部屋の明かりで目をぱちくりすることになった。その部屋にはたくさんランプがかがやいていて、暖炉の火が勢いよく燃え、どちらの光も、金色に塗られた天井と天井の縁飾りに反射していた。数えきれないほどの巨人たちが、りっぱな服を着て左右に立ちならんでいる。部屋のはしにあるふたつの玉座には、王と王妃と思われるふたりの大きな人物が腰かけていた。

玉座から六メートルほどのところで、一同は立ちどまった。ユースタスとジルは、ぎこちなくおじぎをしようとした。（実験校では、女の子たちはひざを折る女性のおじぎのしかたを教わらなかった。）例の若い巨人が気をつけて沼むっつりを床に下ろしてやると、沼むっつりはガクンとすわりこんでしまった。正直な話、その長い手足のせいで、へたりこんだ沼むっつりはまるで大きなクモそっくりだった。

第八章
ハルファングの館

「さあ、ポウルさん、例のやつ、やってくれよ」と、ユースタスがささやいた。

ジルは、口がカラカラにかわいていたので、ひとことも言えなかった。あんたがやりなさいよとばかりに、ジルは、いじわるそうに、ユースタスにむかってあごをしゃくった。

ユースタスは、ジルなんか許すもんか（それに、沼むっつりもだ）とひそかに思いながら、くちびるをなめて、巨人の王にむかって声をはりあげた。

「どうか、陛下。緑の衣の貴婦人が、ご挨拶申しあげるべく、私どもを秋祭りのためにつかわしました。」

巨人の王と王妃が、たがいに顔を見あわせ、うなずきあい、ニヤリと笑ったので、ジルは嫌な感じがした。ジルは、王妃より王のほうがましだわと思った。王は、りっぱな巻き毛のひげを生やしていて、まっすぐなワシ鼻で、巨人にしてはなかなかハンサムだったのだ。王妃は、ひどく太っていて、二重あごをしていて、ぶくぶくの顔はおしろいだらけだったから、まちがってもとてもすてきとは言えなかったが、もちろん十倍も大きいと、なおさら見られたものではなかった。

それから王は、ぺろりと舌を出して舌なめずりをした。だれだって舌なめずりぐらいはするだろうが、王の舌はとても大きくて赤く、急に出てきたために、ジルはひどくびっくりしてしまった。

「まあ、なんてうまい……ところに来た子どもたちでしょう」と、王妃が言った。

(「やっぱり妃もいい人なのかもしれない」と、ジルは思った。)

「まったくだ」と、王。「極上の子どもたちだ。わが宮廷にようこそ。握手をしょう。」

王はその大きな右手をさしのべて——とてもきれいな手で、指にはたくさん指輪をはめていたが、爪はおそろしくのびていた。子どもたちと握手をするには、あまりにも大きすぎたので、子どもたちが順番に手をさしのべると、王はその腕をつまんでふった。

「で、それはなんだね？」王は、沼むっつりを指さしてたずねた。

「りっぱらぬらびろ」と、沼むっつりがへろへろになりながら答えた。

「まあ！」と、妃はさけんで、スカートをくるぶしのあたりにたぐり寄せた。「おそろしいこと。生きてるわ。」

「だいじょうぶです、陛下。こいつはだいじょうぶなんです。」ユースタスが急いで言った。「よくお知りになれば、お気に召すと思います。本当に。」

このときジルが泣きだしたからといって、これから先の話でみなさんがジルに興味をなくさないようにねがいたい。ジルが泣いたのには、ちゃんとした理由があったのだ。こごえていた足や手や耳や鼻がようやく温かくなって血が通いはじめてきて、解けた雪が服からぽたぽたと流れ出していた。その日は、ほとんどなにも口にしていなかった。しかも足はあまりにも痛くて、これ以上立っていられないほどだったのだ。ともかく、そのときジルが泣きだしてしまったのは、まったくもって好都合だった。というのも、妃がこう言ったからだ。

「まあかわいそうに！　あなた、お客さまを立たせっぱなしにしてはいけませんことよ。さあさあ、だれか！　お客さまをお連れして。お食事とワインをさしあげて、おふろに入っていただきなさい。その女の子をなぐさめておやり。棒つきキャンディをあげなさい。お人形をあげて。お薬をあげて。思いつくものなんでもあげて――ミルク酒〔かぜのときに飲む酒入りの牛乳〕でも、砂糖菓子でも、キャラウェイ〔スパイスの一種〕でも、子守り歌でも、おもちゃでも。泣かないのよ、おじょうちゃん。泣いたりしたら、お祭りのときに、あなた、だいなしよ。」

ジルは、おもちゃだの人形だのと言われて、当然のようにムッとした。棒つきキャンディや砂糖菓子は、それなりにありがたかったのだが、もっとちゃんとしたものをいただきたいわと、ジルは心から思った。ただ、妃のばかげた言葉は、すばらしい効果を生み出した。というのも、直ちに巨大なお付きの者たちが、沼むっつりとユースタスをつまみあげ、ジルは巨人の侍女につまみあげられて、それぞれの部屋に連れていかれたからだ。

ジルの部屋は教会ほど大きなものだった。暖炉の火が燃えさかっていて、床に分厚い真っ赤なカーペットがしかれていなければ、かなり陰気な感じがしただろう。ここで、うれしいことがつぎつぎに起こった。ジルの世話を受けもったのは、妃の年老いた乳母で、それは巨人の目から見れば、年をとって腰が曲がった小さなおばあさんだったが、人間の目から見れば、天井に頭をぶつけずにどの部屋にも自由に行けるほど小さな巨人だった。とても気がつく働き者だったが、「あらまああ、かわいちょうでちゅね」とか「ほうら、いい子ちゃん」とか「もうだいじょうぶですよ、かわい子ちゃん」とか言いながらいつも舌を鳴らすのはやめてほしいと、ジルは思った。乳母はお湯をはって、巨大な足湯にジルを入れてあげた。もしみなさんが泳げたら（ジルは泳げたのだが）、巨人のおふろはすてきに思えただろう。巨人のタオルも、少しごわごわしていたが、すてきだった。なにしろ一辺が何十メートルもあるのだ。実のところ、タオルでふく必要はなかった。暖炉の前でタオルの上をゴロゴロところがって遊んでいればよかったのだ。それがおわると、きれいでさっぱりとした温かい服を着せてもらった。とてもりっぱな服で少し大きかったが、明らかに巨人用ではなく、人間のために作られたものだった。

「あの緑の衣の女の人がここにいつも来るなら、人間サイズのお客さまはめずらしくないんだわ」と、ジルは思った。

やがて、そのとおりだとわかった。というのも、ふつうの人間の大人用の高さのテーブルや椅子が用意され、ナイフやフォークやスプーンも、人間用の大きさのものだったからだ。ようやく体が温まって、さっぱりとして、椅子にすわれるのはうれしかった。足はまだ、はだしだったので、巨大なカーペットの上を歩くのは気持ちよく感じられた。ふかふかのカーペットにくるぶしまでうまったから、痛む足にはよい感じだったのだ。お食事――お茶の時間に近かったが、大ごちそうと呼ぶべきものだった――に出てきたのは、コッカリーキー〔鶏肉と西洋ネギを煮こんだスコットランドのスープ〕、熱々のローストターキー、湯気をあげるプディング、焼き栗、それから食べ放題のくだものだった。

ひとつだけこまったのは、乳母がしょっちゅう出たり入ったりして、入ってくるたびに大きなおもちゃを持ってくることだった。ジルよりも大きな巨大な人形、車輪のついたゾウほどの大きさの木馬、小型ガスタンクに似た太鼓、毛のふさふさした子羊のぬいぐるみなどだ。どれもそまつで、けばけばしい色に塗られたひどいしろものだったから、ジルは見るのも嫌だった。そんなのいらないと何度言っても、乳母はこう言うのだった。

「まああまああ。少しおちついたら、ほしくなりますよ。わかってます。へへへ！　じゃあおやすみなちゃい。かわい子ちゃん！」

ベッドは巨人用ではなく人間用で、古めかしいホテルにあるような、大きな四つ柱のベッドだったが、この巨大な部屋のなかでは、かなり小さく見えた。そのなかにころがりこむのが、ジルには、とてもうれしく思えた。

「雪はまだ降ってるの、ばあや？」ジルは、眠たくなりながら、たずねた。

「いいえ。雨になりましたよ、アヒルちゃん！　雨は、嫌な雪をぜんぶ洗い流してくれます。かわい子ちゃんは、明日（あした）、お外に遊びに出られますよ！」そして乳母は、ジルにふとんをかけてやり、おやすみを言った。

巨人にキスをされるほど、嫌なものはない。ジルもそう思ったが、五分もしないうちに眠っていた。

その夜、雨は休みなく一晩じゅう降って、城の窓に激しく打ちつけた。ジルはそのことに気づかずにぐっすり眠り、夕食の時間をすぎても真夜中になっても起きてこなかった。そして、しんと静まり返った深夜になった。巨人の城ではネズミぐらいしか動くものはない。そのころ、ジルは、夢を見ていた。その部屋で目をさまし、暖炉の火が低く赤く燃え、その光に照らされた大きな木馬を見ている気分だった。木馬がひとりでに動きだし、カーペットの上をすべり、ジルのまくらもとに来た。すると、それはもはや馬ではなく、馬と同じぐらい大きなライオンなのだった。しかも、おもちゃではなく、本物のライオンだ。ちょうどジルが世界の果てのむこうの山の上で見たような、本物のライオンだった。いつのまにか、えも言われぬあまい香りが部屋じゅうにたちこめていた。だが、どういうわけか、ジルの心は切なくなって、涙が顔を伝い、まくらをぬらした。ライオンは、しるしをくり返し口にしなさいと言った。ジルは、それをすっかり忘れてしまったことに気がつき、激しい恐怖におそわれた。アスランは、ジルを口にくわえ（ジルはアスランの口と息は感じたが、歯は当たらなかった）、窓辺に運び、ジルに外を見せた。月が明るく照っていて、世界いっぱい、あるいは空いっぱいに（ジルにはどちらかわからなかった）、**見ヨ、ワガ下ニ**という言葉が大きな文字で書かれていた。そのあと、夢はうすらいでいき、目がさめてみると、翌日の朝の昼近い時間になっていた。ジルは夢を見たことさえ、すっかり忘れていた。

起きて服を着て、暖炉の前で朝食をすませると、乳母がドアをあけて言った。

「かわい子ちゃんの小さなお友だちが遊びに来ましたよ。」

ユースタスと沼むっつりが入ってきた。

「あら！　おはよう」と、ジル。「楽しいわね？　あたし、十五時間ぐらい寝ちゃったと思う。とてもいい気分。あんたたちは？」

「いい気分だよ」と、ユースタス。「でも、沼むっつりは、頭が痛いって言うんだ。へえ！　きみの部屋の窓には、窓の下に腰かけがあるんだね。あれにのぼれば、外が見えるぞ。」

すぐに三人は腰かけにのぼって、外をのぞいた。ジルは、ちょっと見ただけで言った。

「まあ、なんてこと！」

お日さまが照っていて、いくつか雪だまりが残っているのは別として、雪はほとんど雨で洗い流されていた。下のほうに地図のようにひろがっていたのは、きのうの午後、三人が苦労して通ってきた平らな台地だった。城から見おろすと、それが巨人たちの廃墟の都であることはまちがいなかった。平らだったのは、ところどころこわれているにせよ、まだ全体に敷石が残っているためであることが、今となっては、ジルにもわかった。縦横に走る土手は、かつては巨人の宮殿や寺院であったかもしれない巨大な建物の壁の残りだった。百五十メートルほどの高さの壁の一部がまだ立っていた。ジルが、崖だと思ったところだ。工場のえんとつがならんでいるように見えたのは、ふぞろいの高さで折れている巨大な柱の列だった。そのこわれた部分は足もとに落ちており、まるで切り落とされた巨大な石の木のようだった。丘の北側をおりるとき苦労して越えたあの岩棚は、巨大な階段の一部が残っていたものだった。南側からよじのぼった岩棚も、同じものであることは疑いない。そのうえ、石がしきつめられた平らな部分のまんなかに、大きな黒い文字で**見ヨ、ワガ下ニ**という文字が書かれていた。

三人はしょげ返って、顔を見あわせた。ユースタスが小さく口笛を吹いて、みんなが考えていたことを言った。

「二つめと三つめのしるしをやりそこなっちゃったね。」

そのとき、ジルは、ゆうべ見た夢を思い出した。

「あたしのせいだわ」ジルは、絶望的な声で言った。「あたしが——あたしが、毎晩しるしを口にするのをやめてしまっていたから。ずうっと考えていたら、あの雪のなかだって、そこが廃墟の都だってわかったにちがいないわ。」

「あたしのせいですよ」と、沼むっつり。「あたしには、わかっていた。ほとんどね。まるで廃墟の都みたいだって思ってたんです。」

「きみだけは、悪くないよ」と、ユースタス。「きみは、ぼくたちをとめようとしたじゃないか。」

「でも、とめられなかった」と、沼むっつり。「あきらめちまったんです。無理にでんだ。」

も、おとめするべきだった。手が二本あるんだから、あなたがたふたりをとめられた

「本当のところは」と、ユースタス。「ぼくらは、この場所に来たくてたまらなくなって、ほかのことをぜんぶ忘れちまったんだ。少なくとも、ぼくはそうだった。あの口をきかない騎士を連れた女の人に会ってからというもの、そればっかり考えていた。リリアン王子のことを忘れかけていたんだ。」

「それが、あの女のねらいだったとしてもおどろきませんね」と、沼むっつり。

「わからないんだけど」と、ジル。「あの文字がどうして今まで見えなかったのかしら？　それともゆうべ書かれたの？　ひょっとするとあの、アスランが、夜のうちに書いたのかしら？　あたし、とってもへんな夢を見たの。」ジルは、ふたりに夢の話をした。

「ばかだなあ！」と、ユースタス。「見てたんだよ、ぼくら。あの文字のなかに入ってたんだ。わからないかい？《見ヨ》の《ヨ》の文字に入ったじゃないか。きみが落ちた、あのみぞだよ。ぼくらは《ヨ》のいちばん上の線、一画めの横棒のところを歩いていたんだ。北にむかってね。つきあたりを右に曲がり――つぎに右に曲がるところまで来た――《ヨ》のまんなかの線だ――それからいちばん下の右はしまで行った。(言ってみれば) 文字の南東のすみだ。そこまで行ってひき返してきたんだ。まった

くどうしようもないばかだよ、ぼくらは。」ユースタスは、窓辺のベンチを乱暴にけっとばして、つづけた。「だから、そうじゃないんだよ、ポウルさん。きみがなにを考えてるのかわかってる。ぼくも同じことを考えていたからね。アスランが廃墟の都の石に指示を刻みつけたのが、ぼくらがそこを通ったあとだったらよかったのにと思ってたんだろう。そしたら、それはぼくらのせいじゃなくて、アスランのせいになるからね。そうだろ？　でも、ちがうんだ。認めなきゃだめだ。ぼくらの手がかりは四つのしるししかないのに、最初の三つをだめにしちまったんだ。」

「あたしがだめにしたっていうことでしょ」と、ジル。「そのとおりよ。あんたがここに連れてきてくれてからというもの、あたし、なにもかもだめにしてる。でも――ものすごく申しわけないと思ってるけど――あの指示ってなんなの？《見ヨ、ワガ下ニ》って、なんだかよくわかんないんだけど。」

「いいえ、わかりますよ」と、沼むっつり。「あの都の下へ行って、王子をさがさなければならないという意味です。」

「でも、どうやって？」ジルは、たずねた。

「それが問題です」と、沼むっつりは、大きなカエルのような手をこすりあわせて言った。「今となっては、どうやればいいか？　もちろん廃墟の都に着いたときにやるべきことがはっきりわかっていれば、その手立てもあったでしょう。どこかに小さなドアとか、ほら穴とか、トンネルとか見つけて、だれかが助けてくれたかもしれません。ひょっとすると（わかりませんよ）、アスランそのひとが助けてくれたかもしれない。なんとかしてあの敷石の下に入っていけたでしょう。アスランの指示は、つねにうまくいきますからね。例外なしに。だけど、今となっては、どうしたものか。そいつは、別の問題です。」

「えっと、ひき返さなきゃだめなんじゃない？」と、ジル。

「それがかんたんにできるでしょうか？」と、沼むっつり。「まずは、あのドアをあけてみてもいいかもしれません。」

みんなはドアを見あげて、ドアノブに手が届かないことがわかった。たとえ届いても、だれもドアノブをまわせないだろう。

「おねがいしたら、外に出してくれないかしら」と、ジル。だれもなにも言わなかったが、「出してくれない」と、みんな思った。

外に出られないというのは、ゆかいな話ではない。沼むっつりは、巨人たちに本当の用事を話して、外に出してもらうようにおねがいするという案には、絶対反対だった。そして、もちろん、子どもたちは約束をしたのだから、沼むっつりの許しがなければ、そうすることはできない。

三人は、夜のうちに城からぬけ出すことは絶対に無理だと思った。それぞれの部屋に入ってドアが閉められたら、朝まで出てくることはできないのだ。もちろん、ドアをあけておいてほしいとおねがいすることはできるが、なぜそんなことを言うのかと疑われてしまうだろう。

「唯一のチャンスは日中にこっそりぬけ出すことだよ」と、ユースタスが言った。「昼さがりに、巨人たちがほとんど寝ちまうようなときってないかなあ？　でもって、台所にしのびこんだら、裏口があいてたりしないかなあ？」

「そういうのはチャンスとは言いませんが、それぐらいしかやれることはないでしょう」と、沼むっつりが言った。実のところ、ユースタスの計画は、それほど絶望的なものではなかった。だれにも見られずに部屋から出ていきたければ、日中のほうが真夜中より、やってみる価値がある。日中ならドアや窓があいていることもあるだろうし、つかまったとしても、ちょっと出てみようとしただけで、とくに計画があったわけではないというふりをすることができる。（夜中の一時に寝室の窓から外へおりようとしているところを見つかったりしたら、巨人相手でも大人相手でも、そんないいわけが通用するはずがない。）

「でも、相手の警戒を解かなければならないよ」と、ユースタス。「ここをとっても気に入っていて、秋祭りが待ち遠しいっていうふりをしなきゃ。」

「祭りは、明日の夜です」と、沼むっつり。「巨人のひとりがそう言っているのを聞きました。」

「そうね」と、ジル。「お祭りがとっても楽しみでならないっていうふりをして、いろんな質問をしなきゃいけないわ。あたしたち、小さな子どもだと思われているから、好都合よ。」

「陽気になるっていうことです。」沼むっつりは、深いため息をついて言った。「陽気にならなくちゃならないのです。この世になんの心配もないかのように、はしゃぎまわって。あなたがたおふたりは、いつも元気がないようですが、あたしを見ならって、あたしがやるようにやってください。あたしは陽気になります、こんなふうに」——沼むっつりは、ゾッとするような苦笑いを浮かべた——「それから、はしゃぎまわります」——そして、ジャンプして足を空中でたがいちがいに動かしたが、なんともなさけない芸だった。「あたしをいつもよく見ていれば、できるようになりますよ。あたしは、もうとっくにへんなやつだと思われてますからね。あなたがたおふたりは、ゆうべ、あたしが少し酔っぱらっていたとお思いでしょうが、実を言えば、あれは酔っぱらったふりをしていたんです。まぁ、だいたいのところはね。なんかの役に立つだろうと思って、ああしたんです。」

子どもたちは、あとでこの冒険のことを思い返したとき、沼むっつりのこの最後の言葉が本当に本当だったのか疑わしいと思った。ただ、沼むっつり自身は、そう思いこんでいたということだけはわかった。

「わかった。陽気にいこう」と、ユースタス。「さて、まずは、このドアをだれかにあけてもらえないかなあ。陽気にふざけまわっているあいだに、この城についてできるかぎり調べたいからね。」

さいわいなことに、ちょうどそのとき、ドアがあいて、巨人の乳母が「さ、かわい子ちゃんたち。王さまとご家来衆が狩りに出るのをごらんになりたいかしら？　とってもすばらしいわよ！」と言いながら入ってきた。

三人はあっという間に乳母のわきをすりぬけて外へ飛び出し、そこにあった最初の階段をおりはじめた。猟犬や巨人の声や角笛の音がしたほうへ行ってみると、数分もしないうちに中庭に出た。巨人たちはみんな歩いている。このあたりには巨人の乗る馬がおらず、巨人の狩りは歩いておこなわれるのだ。ちょうど、イングランドですウサギ狩りと同じだ。猟犬もふつうの大きさだった。馬がいないことがわかると、ジルは最初ひどくがっかりした。あのまるまる太った王妃が、歩いて猟犬のあとを追うなんてありえないから、そうなると一日じゅうこの城に王妃がいることになってしまう。けれども、そのあとで、六人の若い巨人がかつぎあげた御輿（みこし）のようなものに、王妃が乗っているのが見えた。あのおかしな王妃は、緑の服を着て、腰から角笛をさげていた。王のまわりには、二十人から三十人の巨人たちが狩りの支度をして集まっており、しゃべったり笑ったりしていたので、耳がおかしくなりそうだった。ずっと下のほう、ジルの近くでは、猟犬がしっぽをふったり、吠(ほ)えたりして、べちょべちょにぬれた口や鼻を、ジルの手につっこんできた。沼むっつりは、ちょうど陽気にはしゃいでいるつもりになろうとしはじめたところで（それを見られたら、なにもかもが、だいなしになっていたかもしれない）、ジルがとびきり魅力的な子どもらしいほほ笑みを浮かべて、妃の御輿(みこし)へ駈(か)けよって、ずっと上にいる王妃にむかってさけんだ。

「ああ、どうか！　お出かけになってしまうんじゃないですよね？　もどっていらっしゃいますよね？」

「ええ。今晩もどってきますよ」と、王妃は言った。

「ああ、よかった。すてきだわ！」と、ジル。「じゃあ、明日の晩は、お祭りに行ってもいいんですね。明日の晩が楽しみでなりません！　ここはとても気に入ったわ。王妃さまがお出かけのあいだに、城じゅうを走りまわって、いろいろ見てもいいでしょ。いいっておっしゃってください。」

　王妃さまはいいと言ったが、家来たちの笑い声でその声はほとんど聞きとれなかった。

第九章

こうして気づいた、大事なこと

その日のジルはすばらしかったねと、あとになって、みんなは言ったものだ。王と狩猟の一行が出発するとすぐに、ジルは城じゅうを歩きまわり、赤んぼうのようなあどけなさでもって、あれこれ聞いてまわったものだから、ひそかなたくらみがあるとは、だれひとり気づかなかった。ジルはしょっちゅう舌を動かしていたが、話をしていたとは言いがたく、ただおしゃべりをしてクスクス笑っていたのだ。だれかれとなく――馬の世話係や、門番や、家政婦や、侍女や、もはや狩りをする年齢をすぎた巨人のおじいさんたちに――愛嬌をふりまき、大勢の女巨人たちにキスをされたり、さわられまくったりしてもがまんした。女巨人たちは、ジルのことをかわいそうに思っているらしく、「かわいそうな子」と呼んだが、どうしてかは、だれひとり説明してくれなかった。ジルは、とりわけ料理人と仲がよくなり、とても重要な事実を教えてもらった。わざわざ中庭を横切って大きな守衛室の前を通らずとも、台所につながる洗い場のドアを通れば城の壁から外へ出られるというのだ。台所では、ジルはおなかがすいているふりをして、料理人や使用人がよろこんでくれるありとあらゆる残飯を食べた。けれども、上の階にあがって、貴婦人たちのいるところに行くと、お祭りにどんな服を着ていけばいいか、どれほど夜おそくまで起きていていいか、とてもとても小さな巨人さんがダンスのお相手をしてくれるだろうかとかいった質問をした。それから(あとでふり返ってみると、全身が熱くなってしまうのだが)、ばかみたいに首をいっぽうにかしげ、巨人であろうとなかろうと大人たちの心をとらえるしぐさをしてみせて、自分の巻毛をゆすったり、いじくりまわしたりして、「早く明日(あした)の晩になるといいなあ。時間が早くたたないかしら」などと言ってみせた。巨人の女たちは、なんてかわいらしい子だといい、何人かは泣きだしそうになって、大きなハンカチで目を押さえた。

「あの年だと、本当にかわいいね。」ひとりの女巨人が別の人に言った。「かわいそうになってきたよ、あの子が……」

ユースタスと沼むっつりもそれなりにがんばったが、こうしたことにかけては女の子のほうがじょうずなものだ。ただ、男の子でさえも、沼人よりは、ましだった。

昼食のころに、あることが起こって、三人はこれまで以上に巨人の城を出たいといっそう思うようになった。三人は、大広間の暖炉の近くで、三人だけの小さなテーブルについて昼食を食べていた。二十メートルほど離れた大きなテーブルでは、六人ほどの巨人の老人たちが食事をしていた。その会話はとてもうるさく、声がひびきわたっていたので、窓の外の車のクラクションや往来の音が気にならないのと同じように、子どもたちにはいつのまにか気にならなくなっていた。子どもたちは、冷たい鹿肉を食べていた。これまで食べたこともないものだったので、ジルは気に入っていた。

ふいに、沼むっつりが、ふたりのほうをむいた。その顔色は、もともと泥色だったが、それでも血の気が引いているのがわかるほど、真っ青になっていた。沼むっつりは、こう言った。

「もうひと口も食べちゃだめです。」

「どうしたの？」ほかのふたりが、ささやき声でたずねた。

「あの巨人たちが言っていること、聞かなかったのですか？『こいつはずいぶんやわらかい鹿肉だ』とひとりが言って、もうひとりが『じゃあ、あの雄ジカはうそつきだ』と言った。『どうして？』と最初の巨人がたずねると、そいつは『だって、つかまったとき、やつは「殺さないでください、ぼくの肉はかたいから、おいしくありません」って言ったんだ』と答えた。」

ジルはその話の意味がなかなかのみこめなかったが、恐怖で目を見開いたユースタスがこう言ったとき、ジルにも事態のおそろしさがわかった。

「じゃ、ぼくらが食べてるのは、口をきく鹿なんだ。」

この発見に対して、三人それぞれちがった反応をした。この世界には初めてやってきたジルは、鹿さんがかわいそうだと思い、殺すなんてひどい巨人たちだと思った。ユースタスは、この世界に前にも来ていて、仲のよい友だちのなかに口をきく動物が少なくとも一匹はいたので、人殺しの話を聞いたように、背筋が凍る思いがした。けれども、ナルニア生まれの沼むっつりは、吐き気をもよおし、自分が赤んぼうを食べてしまったかのような気分になって、今にも倒れてしまいそうだった。

「アスランの怒りを招いてしまったんだ」と、沼むっつり。「あのしるしを忘れたせいだよ。あたしらは、呪われてるんだ。もし許されるなら、このナイフを手にとって、われらが心臓につき刺すのがいちばんよいだろう。」

やがて、ジルにも、事態の深刻さがわかってきた。ともかく、三人のだれも、もうお昼を食べたいとは思わなかった。そして、すきを見て、三人はこっそりと大広間からぬけ出した。

脱出できるかもしれない午後の時間もおわりに近づいてきて、三人はそわそわしていた。廊下をぶらついて、あたりが静かになるのを待った。大広間の巨人たちは食事がおわってもずいぶん長いあいだすわったままだった。頭のはげた巨人が物語を語っていた。それがおわったところで、三人はぶらぶらと台所へ行ったが、そこにもまだ、たくさんの巨人がいたし、少なくとも洗い場では食器を洗ったりかたづけたりして、大勢が働いていた。その仕事がおわって、ひとり、またひとりと手を洗って立ちさるのをじりじりと待つのは、つらいことだった。とうとう、部屋にたったひとりの巨人のおばあさんが残るだけとなった。おばあさんは、いつまでたっても、ぶらぶらと、あれやらこれやらしつづけているので、この人はちっとも部屋を出ていく気などないのだと気がついて、三人はぞっとした。

「さあ、みなさん」と、おばあさんは三人に言った。「これで一段落したわ。このおやかんを火にかけましょう。すぐにおいしいお茶をいれてあげますからね。さあ、私もひと休みしましょう。洗い場をのぞいてきてくれますか。いい子だから。裏口のドアがあいているか教えてちょうだい。」

「はい、あいています」と、ユースタス。

「よろしい。かわいそうな子ネコちゃんが出入りできるように、いつもあけておくのよ。」

それから、おばあさんは椅子にすわって、もうひとつの椅子に両足を投げ出した。

「ほんの少しでもうつらうつらできるかしらね」と、おばあさん。「あのどうしようもない狩りの一行がすぐに帰ってきちゃうんじゃないかしら。」

おばあさんが「うつらうつら」と言ってくれたとき、三人は「しめた」と思ったが、「狩りの一行がすぐに帰ってくる」と言われると、がっかりした。

「ふだんは、いつごろ帰ってくるのでしょうか？」ジルがたずねた。

「わからないわよ」と、おばあさん。「でも、おねがいだから、ちょっと静かにしていてちょうだいな。」

三人は台所の奥へ引っこんだ。もしおばあさんが、すわり直したり、目をあけてハエを追い払ったりしなければ、今すぐにでも、そこから洗い場へこっそり入りこむところだった。「おばあさんがぐっすり眠るまでは、だめだよ」と、ユースタスがささやいた。「さもなきゃ、ぜんぶおじゃんだ。」そこで、三人は、台所の奥で身を寄せあって、じっと見つめて待っていた。狩りの一行が今にももどってくるかもしれないと思うと、いたたまれなかった。しかも、おばあさんは、もじもじと動いてばかりいる。寝入ったかなと思うと、かならず動くのだ。

「こんなの、たえられない」と思ったジルは、気をまぎらわせようとして、あたりに目をくばった。目の前に大きなきれいなテーブルがあり、そのうえに、洗ってあるパイ皿が二つと、開いた本が一冊置いてあった。もちろん巨人用のパイ皿で、そのなかで気持ちよく寝そべることもできそうなくらい大きいものだ。ジルは、本を見てみようと思って、テーブルの横のベンチにあがった。本にはこう書いてあった——

カモ　このおいしい鳥には、いろいろな料理法がある。

「お料理の本だわ」と、ジルは何気なく思い、肩越しにふり返った。巨人のおばあさんの目は閉じていたが、まだちゃんと眠っているようすではなかった。ジルは、また本を見た。アルファベット順になっている。つぎの項目を見て、ジルは心臓がとまる思いがした。そこには、こうあったのだ。

人間　この優雅な小さな二本足の動物は、珍味とされている。秋祭りの伝統的な一品であり、魚料理と肉料理のあいだに供される。どの人間も……

それ以上、ジルには読めなかった。ジルはふりむいた。おばあさんが目をさまして、咳きこんでいる。ジルは、ふたりの仲間に合図をして、本を指さした。ふたりともベンチにあがって、巨大なページの上に身をかがめて読んだ。ユースタスが人間の料理法についてまだ読んでいると、沼むっつりがつぎの項目を指さした。こうあった——。

沼人　筋ばっていて、泥の味がするため、巨人の料理にはむかないとして、この動物は食材とすべきでないとする専門家もいる。しかしながら、この味をよくするには……

ジルは、沼むっつりとユースタスの足をそっとさわった。三人は、ふり返って、巨人のおばあさんを見た。おばあさんの口は、かすかに開いていて、その鼻からは、三人がそのときどんな音楽よりも聞きたかった音が聞こえていた。いびきだ。さあ、いよいよ、あわてずこっそり爪先立って、息をとめながら洗い場のドアから出ていく時がやってきたのだ。（巨人の洗い場は、ひどいにおいがした。）こうして、ついに冬の午後のうっすらした陽の光のなかへ出た。外に出てみると、みんなが立っているところがいちばん高いところで、目の前にあるでこぼこの小道は急な坂になって下っている。そして、ありがたいことに、城の右側には、廃墟の都が見えていた。

数分後、三人は、城の正門から急な下り坂になっている幅の広い道に出た。城のこちら側のどの窓からも、まる見えの道だった。窓の数が一つか二つ、あるいは五つぐらいであれば、だれものぞいていないこともあったかもしれないが、窓は、五どころか五十近くあったのだ。さらに気づいたのだが、今いるところから廃墟の都までは、どこにも身をかくすところがなく、キツネ一匹かくれられないほど、がらんとしていた。どこもかしこも、雑草と小石と平らな石ばかりだった。しかも、まずいことに、ふたりは、ゆうべ巨人たちからもらった服を着ていた。沼むっつりだけは、どの服も合わないということで、着ていなかったが。ジルは、丈が長すぎる明るい緑の服を着て、その上に白い毛皮でふちどられた真っ赤なマントをはおっていた。ユースタスは真っ赤な長靴下に、青くて長い上着にマント、金の柄の剣をさし、羽根飾りのついた帽子をかぶっていた。

「おふたりとも、とても目立っていますよ」と、沼むっつりがぶつぶつ言った。「冬の日だと、とてもくっきり見えるでしょうね。あなたがたが的なら、世界一へたな射手でも打ちぬけますよ。弓と言えば、あたしたちの弓を持ってくればよかったと、そのうち後悔するでしょうね。ほんと。その服、ちょっとうすすぎるんじゃありませんか?」

「ええ、もうこごえてるわ」と、ジル。

数分前、台所にいたときは、この城から外に出さえすれば、脱出はほとんど成功したも同然だと思っていた。こうなってみると、最大の危険はこれからやってくるのだと、ジルにはわかった。

「おちついて、おちついて」と、沼むっつり。「ふり返っちゃだめですよ。歩くのが速すぎてもだめ。なにがあろうと、走っちゃだめです。散歩でもしているふりをして。だれかに見られても、へんに思われないように。逃げていると思われたら最後、おしまいです。」

廃墟の都までの距離は、ジルにはありえないほど遠く感じられた。けれども、少しずつ都へ近づいていた。そのとき、物音がした。ジル以外のふたりは息を呑んだ。なんの音かわからなかったジルは「なあに？」と言った。

「狩りの角笛だ。」ユースタスが、ささやいた。

「だけど、まだ走っちゃだめですよ」と、沼むっつり。「あたしが合図をするまではね。」

こんどばかりはがまんできず、ジルは肩越しにふり返らずにはいられなかった。八百メートルほどうしろ、左のほうから、狩りの一行が城へ帰ってくるところだった。

三人は歩きつづけた。ふいに、巨人の大声がとどろいた。さけび声と呼び声がひびきあった。

「見つかったぞ。走れ」と、沼むっつり。

ジルは長いスカート――走るには、とんでもない衣装だった――をたくしあげて走りだした。こんどこそ危険な状況なのははっきりしていた。猟犬がさかんに吠えたてる声もひびきわたった。

「追いかけろ、追いかけろ、でないと、明日は人間のパイにありつけないぞ」と、怒鳴る王の声も聞こえた。

ジルは三人のなかでいちばんうしろを走っていた。服が脚にまとわりつき、小石で足をすべらせ、髪の毛が口に入り、走ったせいで心臓が痛くなっていた。猟犬がさっきよりずっと近づいてきている。こんどは丘の上へ駈けのぼらなければならない。岩だらけの坂道をのぼっていくのだ。坂の上には、例の廃墟の都へのぼる巨大な階段がある。階段の下の段に着いたらどうするのか、かりに階段の上まであがったところで少しでもましになるのか、ジルにはわからなかった。しかし、そんなことを考えている場合ではない。今や、追われる動物の気分だった。追われている以上、たおれるまで走りつづけなければならない。

先頭は沼人だった。沼人は、階段のいちばん下の段まで来たとき、立ちどまり、少し右を見て、突然小さな穴のなかへ飛びこんだ。穴というより、段のつけ根にあいていた割れ目だ。その長い脚が、なかへ消えていくとき、クモの脚そっくりに見えた。ユースタスも、少しためらってから、あとを追って割れ目のなかへ消えた。息を切らして、くらくらしていたジルは、一分ほどおくれてその場所にたどりついた。ぞっとしない穴だった。石の階段の地面に接するところが高さ三十センチほど欠けていて、幅九十センチほどの裂け目ができていたのだ。べたっと地面に腹ばいになってもぐりこまなければならない。そんなこと、さっとできるはずがなかった。ジルは、もともと入りながら、すっかり入りきる前に猟犬の歯が自分のかかとに嚙みつくにちがいないと思った。

「急いで、急いで。石だ。割れ目をふさげ」と、暗闇のなかのすぐそばから沼むっつりの声がした。なかは真っ暗で、今入ってきた割れ目から灰色の光がうっすらさしこんでいるだけだった。ほかのふたりは、なにかを必死にがんばっていた。ユースタスの小さな手と、沼人の大きなカエルのような手が、ぼうっとした光のなかで黒く見えていたが、必死に石を積みあげていたのだ。ジルも、それがどれほど重要か気づいたので、自分も手さぐりで大きな石を集めて、手わたしはじめた。猟犬がほら穴の入り口でワンワンと吠えだす前に、入り口は石でほぼふさがれていた。そうなると、もちろん、光はまったく入りこまなくなった。

「もっと奥へ。急いで」と、沼むっつりの声。

「みんな、手をつなぎましょう」と、ジル。

「いい考えだ」と、ユースタス。けれども、たがいの手がどこにあるのか、暗闇のなかで見つけるのに、ずいぶん手間どった。猟犬たちが、積んだ石のむこう側でにおいをかいでいる。

「立てるかどうか、試してみよう」と、ユースタス。みんなはさっそく立ってみて、立てるとわかった。それから、沼むっつりがうしろ手でユースタスに手をさしのべ、ユースタスも自分のうしろにいるジルに手をさしのべた。（ジルは、自分がいちばんうしろではなくて、まんなかにいられたらよかったのにと思った。）三人は足で地面をさぐりながら、暗闇のなかをころびそうになりながら進んだ。足もとの岩石が、ぐらつく。

そのうちに沼むっつりが岩の壁につきあたった。三人は少し右へむきを変えて進んだ。さらにまた、何度もむきを変えなければならなかった。ジルはもはや方向感覚を失い、穴の入り口がどこにあったかさっぱりわからなくなった。前方の暗闇から、沼むっつりの声がした。

「まあ、どっちがいいかってことですねえ。(ひき返せるなら)ひき返して、巨人たちの秋祭りのごちそうとして食われるほうがいいのか、さもなきゃ、こんな山の地下で道にまよって、のたれ死ぬほうがましなのか。どうせこんなところにはドラゴンがいたり、深い穴があいてたり、ガスや水が充満して――うわあ！　手を放して！　あなたがたは助かってくれ、あたしゃ――」

それからあとのことはノンストップだった。激しいさけび声があがり、シューという、砂利がほこりをたてて流れ出すような音がして、石がガラガラとくずれ、ジルはずるずるとすべりだした。すべって、すべって、どうしようもなくすべり落ちて、下へ落ちるほどにスピードが増していく。しかも、下り坂はどんどん急になっていく。なだらかな、かたい坂ではなく、砂利やがれきでいっぱいの坂だった。仮に立ちあがれたとしても意味はなかっただろう。少しでも足をつけたら、そこからくずれていき、体をもっていかれてしまう。ジルは、立っているというよりは、横になっていた。遠くまですべればすべるほど、砂利や土をまきちらすことになるから、なにもかもひっくるめてすべてが下へ下へと落ちていき（ジルたちもふくめて）、その速さはどんどん速くなり、音もうるさくなり、ほこりももうもうと舞いあがった。ほかのふたりが悲鳴をあげたり、ののしったりしていることから、ジルは、自分のせいで飛びはねている石が、ユースタスや沼むっつりにガッンガッンと当たっているのだとわかった。今やジルは、ものすごいスピードで下へむかっており、底に着いたらこなごなになるに決まっていると思った。

ところが、どういうわけか、底に着いてもこなごなにはならなかった。あざだらけになったし、ジルの顔についたべとべとしたものは、どうやら血のようだ。ものすごい量の土と砂利と、大きい石とがジルのまわりに積みかさなっており（ジルの上にもかぶさっていたので）、起きあがれない。あたりは真っ暗で、目をあけているのかつむっているのかさえわからない。物音はなにひとつしなかった。それは、ジルがこれまでの人生で感じた最悪の瞬間だった。もしひとりぼっちになっていたとしたら……。そして、もし、ほかのふたりが……と、おそろしいことを考えていると、近くでなにかが動く音がした。ふるえる声がして、三人とも骨は折っていないようだと、たがいにたしかめあえたのだ。

「今の坂は、二度とのぼれないね」と、ユースタスの声。

「ここがかなり暖かいのに気づきましたか？」と、沼むっつりの声。「ということは、かなり下まで落ちたってことです。一キロ半ほどかもしれません。」

だれも、なにも言わなかった。しばらくして、沼むっつりがつけくわえた。

「あたしの火口箱、なくなっちまった。」

またずいぶん長い沈黙があってから、ジルが言った。

「ひどくのどがかわいたわ。」

だれもなんの提案もしなかった。明らかに、どうすることもできないのだ。しばらくのあいだは、それほど落ちこんだりはしなかった。あまりにもつかれきっていたからだ。

それからずっとずっとあとに、まったくやぶから棒に、聞いたこともない声がした。それは、三人が聞きたいとひそかに願っていたこの世の中でただひとつのあの声――アスランの声――では、なかった。やけに暗く、平坦な声だった。まるで、真っ暗な声とでも言おうか。その声が、こう言ったのだ。

「なにをしに来たのだ、地上の世界の生き物どもよ？」

第十章

太陽のない旅

「だれだ？」三人は、さけんだ。

「おれは地下の国の沼を守る番人だ。武装した百人の地底人もいっしょだ」というのが返事だった。「おまえらが何者で、この深淵(しんえん)の国になんの用で来たのか、すぐに言え。」

「まちがえて、落っこちちゃったんです」と、沼むっつりが答えたのは、本当のことだった。

「落ちる者数多(あまた)あれど、太陽かがやく国へもどる者少なし」と、声が言った。「深淵の国の女王さまのところへ連れていくから、ついてこい。」

「女王さまが、ぼくらになんの用があるんです？」ユースタスが警戒してたずねた。

「わからん」と、声。「女王さまのご意向はしたがうものであって、問われるべきものではない。」

この言葉が口にされているあいだに、ポンと爆発したような音がして、すぐそのあとに、かすかに青みのまじった冷ややかな灰色の光が、ほら穴じゅうにあふれた。百人の武装した部下がいるなんて、うそなんじゃないかという希望は、すぐにつぶれた。ジルは目をぱちくりさせて、ぎっしりとならんだ人たちを見つめた。いろいろな大きさの人がいる。三十センチに満たない地下のこびとから、人間よりも大きなりっぱな体をしている者もいる。みんな、先が三つに分かれた槍を手に持っていて、だれもがおそろしく青白い顔をして、石像のようにじっと立っていたが、そのことを別にすれば、みんな、てんでんばらばらのようすをしていた。しっぽがある者もいれば、ない者もおり、りっぱなひげを生やしている者もあれば、かなりまるい、すべすべの顔をしたカボチャ頭もあった。長くとんがった鼻、小さなゾウの鼻のような長くてやわらかい鼻、大きなだんごっ鼻もある。額のまんなかに角が一本生えている連中までいた。けれども、ある点では、みな同じだった。百人のどの顔も、これ以上ないというほど悲しそうな顔だったのだ。あまりにも悲しそうなので、ジルは最初この人たちの顔をちらりと見ると、こわいのを忘れてしまい、元気づけてあげたいと思ったほどだった。

「ようし！」沼むっつりが、両手をこすりあわせながら言った。「まさにおあつらえむきだよ。こいつらを見ても、あたしが人生を深刻に考えられなかったら、なにを見てもだめだろうねえ。あの、セイウチみたいな口ひげを生やした男をごらんなさい——

―あるいは、あの――」

「立て」と、地底人たちの指揮官が言った。

そうするよりほか、しかたなかった。三人は、さっと立ちあがり、手をつないだ。

こんなときには友だちの手を感じていたいものだ。地底人たちは、大きなやわらかい足でパタパタ歩いて、三人をとりかこんだ。その足には十本の指がついている者もいれば、十二本の指の者もいて、指のない者もいた。

「歩け」と、番人。みんなは歩きだした。

冷たい光は、長い棒の先についた大きな球から出ており、行列の先頭にいるいちばん背の高い者がこの棒をかかげてあたりを照らしていた。その温かみのない光で見ると、ここは自然にできたほら穴らしく、ごつごつした壁と天井は、あちこちへんてこな形にねじれたり深く切れこんだりしており、石の地面は少しずつ下り坂になっていた。暗い地下が大嫌いなジルは、ほかのふたりよりこたえていた。進むにつれて、ほら穴がどんどん下へさがり、せまくなっていき、とうとう明かりを持つ者がわきへ立つ前を、こびとたちがひとりずつ身をかがめて（とても小さなこびとたちはその必要はなかったが）小さな暗い割れ目のなかへ消えていくと、ジルはもうこれ以上たえられないと思った。

「あんなとこ、入れない。無理、無理、絶対無理！」ジルは、あえいだ。地底人たちはなにも言わずに、槍をおろして、ジルにむけた。「おちついて、ポウルさん」と、沼むっつりが言う。「なかが広くなっていなけりゃ、あんな大きな連中まで、かがみこんで入ったりしませんよ。それに、地下だと、ひとつ、いいことがあります。雨にぬれませんからね。」

「ああ、あんたにはわかんないわ。あたしには、無理なの」と、ジル。

「あの崖で、ぼくがどんな気持ちだったか、考えてみなよ、ポウルさん」と、ユースタス。「先へ行けよ、沼むっつり。ぼくはいちばんあとから行くから。」

「そうですね。」沼人は手とひざをついた。「ポウルさん、あたしのかかとをつかんでいてください。ユースタスさんは、あなたのかかとをつかむから。そしたら、みんな、だいじょうぶだ。」

「だいじょうぶですって!」ジルは、そう言いながらも地面に手をついて、同じようにひじを地面につけて這って進んだ。つらい場所だった。顔をあげることもできず、這って進まなければならないのが、三十分もつづいたように思われたが、ほんとは五分くらいだったかもしれない。暑くて息がつまりそうだった。しかし、ついに、前方にぼんやりとした光が見え、トンネルの幅は、だんだんひろがってきて、天井も高くなっていった。そしてようやく、汗だくで、どろんこで、へとへとになってたどりついた空間は、ほら穴のなかとは思えないほど広々としていた。

そこは、ぼんやりとした、眠気をさそうような光に満ちていたので、地底人の不思議なランタンはいらなくなった。コケのようなものにおおわれたやわらかい地面から、きのこのようにぶよぶよで奇妙な形をしたものがたくさん生えていて、木のように枝分かれして高くのびていた。その木のようなものは、たがいに離れて立っていたので、森というよりは公園といった感じだった。木のようなものからも、コケからも（緑がかった灰色の）光が出ていた。強い光ではないので、ほら穴の天井までは届かない。天井は、頭上のずっと高いところにあるようだ。このおだやかで、やわらかく、眠たげな場所を、一同は進んでいった。とても悲しげな場所だったが、静かな音楽のような、ひっそりとした悲しさだった。

一行が通っていく両側に、何十匹もの奇妙な動物が横になっていた。死んでいるのか、眠っているのか、ジルにはわからなかった。たいていはドラゴンのような、コウモリのような動物だった。沼むっつりにも、なんの動物か、一匹もわからなかった。

「ここで育った動物ですか？」ユースタスは、番人にたずねた。番人は話しかけられたことに、たいそうびっくりしたが、こう答えた。「いや、地上の国から、割れ目やほら穴を通って、地下の国へまよいこんだ動物だ。地下の世界へおりきたる者数多あれど、太陽かがやく国へもどる者は少ない。この者たちは、この世のおわりに目をさますと言われている。」

そう言うと、番人は、口を箱のようにかたく閉じた。そして、ほら穴はしーんと静まり返ったので、子どもたちは、二度としゃべる気になれなかった。地底人のはだしの足が深いコケを踏みしめても、なんの音もしない。風はそよとも吹かず、鳥も飛んでおらず、せせらぎの音も聞こえない。奇妙な動物たちの息づかいも聞こえなかった。

何キロか歩くと、岩の壁にぶつかった。壁には、低いアーチ型の入り口があいていて、つぎのほら穴へつづいていた。けれども、さっきの入り口ほどせまくなかったので、ジルは頭をさげずに入っていけた。そこはさっきほど大きくないが聖堂ほどの広さがあるほら穴で、細長い形をしていた。ものすごく大きな人が、ほら穴いっぱいに横になって、ぐうぐう寝ていた。どんな巨人よりも大きな人で、その顔は、巨人の顔らしくなく、気高く美しかった。胸がゆっくりとあがったりさがったりしていて、腰まで雪のようなひげでおおわれている。（どこからさしこんでくるのか）すき通るような銀色の光が、その人の体を照らしていた。

「だれですか？」沼むっつりが、たずねた。これまでずっと長いあいだ、だれも口をきいていなかったものだから、ずいぶん勇気があるなと、ジルは思った。

「これは時の翁（おきな）でいらっしゃる。かつては地上の国の王さまでいらした」と、番人が言った。「今では地下の国へ身をしずめて、かつて上の国でなされたすべてのことを夢見て眠っていらっしゃる。地下の世界へしずむ者数多あれど、太陽かがやく国へもどる者少なし。時の翁は、この世のおわりに目をさますだろうと言われている。」

一同は、そのほら穴から別のほら穴へと進み、さらに別の、また別のほら穴へと進んで行った。いくつほら穴があったのか、ジルにはわからなくなったが、自分たちが下へ下へとおりており、どのほら穴も前よりも低いところにあったので、どんなに重たい量の土が自分たちの上にあるのかと思うと、息がつまる思いだった。とうとうあるところまで来ると、番人は陰気なランタンをふたたびともすようにと命じた。そこから、とても広くて暗いほら穴へと入っていったので、見えるものと言ったら、すぐ目の前に一筋の白い砂の道と、その先にひろがる静かな水面だけだった。水面には、小さな桟橋のそばに、マストも帆もなく、ただオールがたくさんついているだけの舟が浮かんでいた。みんなその舟に乗るように言われ、船首へ導かれた。漕ぎ手のベンチの前が広くあいていて、船首の波よけの内側にぐるりと造りつけられた座席にすわらせられた。

「ひとつ教えてもらいたいんですがね」と、沼むっつり。「あたしたちの世界から——つまり上からということですが——入ってきただれかが、これまでにこの舟に乗ったことがありますか？」

「白い浜辺で舟に乗った者数多あれど——」番人は答えかけた。

「わかってます。」沼むっつりが、口をはさんだ。「《太陽かがやく国へもどる者少なし》って言うんでしょ。くり返さなくたっていいよ。あんた、ばかのひとつ覚えだね。」

子どもたちは、沼むっつりの両わきにぴたりと身を寄せていた。地上にいたときは、沼むっつりのことをつまらないことばかり言うやつだと思っていたが、ここでは沼むっつりだけがたよりだった。それから、ぼんやりとした青白いランタンが舟のまんなかにかかげられ、地底人らはオールをにぎってすわり、舟を漕ぎはじめた。ランタンの光は近くしか照らせなかった。先のほうを見ても、おだやかな黒い海面が真っ黒い闇へ消えていくばかりだ。

「ああ、あたしたち、どうなっちゃうのかしら？」ジルは、絶望して言った。

「気を落とすことはありませんよ、ポウルさん」と、沼人。「ひとつ覚えておかなければならないことがあります。あたしたちは、正しい道にもどってきているんです。廃墟の都の下へおりなければならなかったわけですが、今まさにそこにいますからね。また指示どおりに動いているっていうわけです。」

やがて、食事が出た。ほとんど味がしないぺしゃんこの、ぶよぶよのケーキのようなものだ。そのあとしばらくして、みんなは眠った。だが、目がさめてみると、なにも変わっておらず、地下のこびとたちは、あいかわらず舟を漕ぎ、舟はあいかわらず、すべるように進み、前方はやはり真っ暗だった。起きて寝て、食べてまた寝るのを何度くり返したかわからない。だれも覚えていられなかった。最悪だったのは、生まれてからずっとこの真っ暗な舟で暮らしていたかのように感じはじめ、太陽とか青空とか、風とか鳥なんてものは、夢でしかなかったのじゃないかと思えてきたことだった。もう希望をもつこともあきらめ、恐怖も感じなくなってきたとき、とうとう前方に明かりがいくつか見えてきた。こちらにあるランタンと同じように、わびしい光を放っている。すると、だしぬけに、その光のひとつが近づいてきたので、それが舟の明かりだとわかった。そのあとも何艘かの舟とすれちがった。そして、痛くなるまで目をこらしていると前方に点々ともっている明かりが照らしだしているのは、波止場や、壁や、塔や、動いている人の群れなのだとわかった。だが、まだなんの音も聞こえてこない。

「うわあ」と、ユースタス。「町だ！」そのとおりであることは、やがてみんなにもわかった。

けれども、奇妙な町だった。明かりはとても少なく、ぽつんぽつんとまばらなので、私たちの世界のへんぴな村の明かりほどもない。その光でかすかに見えているあちらこちらのようすから、そこが大きな港町なのだとわかった。たくさんの舟が荷を積んだり降ろしたりしている。船荷や倉庫も見えた。大きな宮殿や寺院を思わせるような壁や柱も見える。

そしていつも、どこに光が当たっていようと、果てしない人の群れが――何百もの地底人たちが――ひしめきあって、せまい通りや、大きな広場や、長い階段の上をそっと歩きまわっている。その切れ目のない動きは、舟が近づくにつれ、やわらかい、つぶやくような音として聞こえてきた。しかし、歌や、さけび声や、鐘の音や、車のガタゴトいう音はどこからも聞こえてこなかった。町は静かで、アリ塚のなかのようにほとんど真っ暗だった。

ついに舟は波止場に着き、しっかりつながれた。三人は岸にあげられ、町のなかを歩かされた。大勢の地底人たちが――ひとりとして同じようすの人はいないのだが――ごった返す通りで、三人と肩をふれんばかりにすれちがっていき、悲しげなうす暗い光が、その大勢の悲しげで奇妙な顔に降り注いでいた。三人に興味を示す者はだれもいなかった。どのこびとも、ひどく悲しげで、かなりいそがしそうにしていたが、なにがいそがしいのか、ジルにはよくわからなかった。ただもう、ひっきりなしに動きつづけ、押しあいへしあいし、いそがしそうにパタパタパタとやわらかい足音をいつまでもたてつづけているのだった。

ついに三人は大きな城のようなところに入っていったが、明かりがついている窓はほとんどなかった。なかに招き入れられ、中庭を通って、あちこちの階段をのぼり、ぼんやりと暗い明かりのついた大きな部屋へ通された。しかし、その片すみには——ありがたや！——まったくちがった感じの光にあふれたアーチ型の通路があった。人間が使うような、黄色がかった温かいランプの光だ。この明かりに照らされてアーチの奥に見えたのは、石の壁のあいだを曲がりながらのぼっていく階段だった。光は上のほうからさしているようだ。ふたりの地底人が、番兵か門番のように、アーチの両側に立っていた。

番人は、このふたりのところへ行って、合言葉のようにこう言った。

「地下の世界へおりきたる者数多あれど。」

入り口のふたりも「太陽かがやく国へもどる者少なし」と、合い言葉のように言った。それから三人は頭を寄せあって話していたが、とうとうふたりの門番のうちのひとりが言った。

「女王陛下は、大切なご用でお留守だ。おもどりになるまで、これら地上の世界の住人たちは牢獄に閉じこめておくのがよかろう。太陽かがやく国へもどる者は少ないのだから。」

そのとき、三人の会話をさえぎったのは、この世で最もすばらしいと思える音だった。それは上のほう、階段のてっぺんから聞こえてきた。鳴りひびくような、よく通る、正真正銘人間の声だった。若い男性の声だ。

「そこでなにをさわいでいる、マルガセラム？　地上人か、え？　ここに連れてこい。すぐにだ。」

「どうか、殿下、お忘れなく――」マルガセラムは反対しようとしたが、声にさえぎられた。

「《殿下》の言いつけにはしたがってもらおう。つべこべ言わずに連れてこい。」

　マルガセラムは頭をふって、ジルたちについてくるようにと合図をすると、階段をのぼりはじめた。一段あがるたびに光が強くなった。壁には豪華な壁かけ（タペストリー）がかかっている。ランプの光は階段の最上階にあるうすいカーテン越しに金色にかがやいていた。地底人たちはそのカーテンをあけて両側に立ち、三人はなかへ入った。そこは、りっぱな壁かけ（タペストリー）がかかった美しい部屋で、きれいな暖炉に明るい火が燃えていて、テーブルの上には赤ワインとカットグラスがあった。金髪の若者が立ちあがって、三人を迎え入れた。美男で、大胆そうでもあり、やさしそうでもあったが、なんだかおかしなようすがその顔にはあった。黒い服を着ていて、どこかハムレットに似ていた。

「ようこそ、地上人のみなさん」と、若者はさけんだ。「だが、待てよ！　これは失敬。この美しい子どもさんおふたりと、その不思議な案内人には、前にお目にかかったことがあるな。わが貴婦人のお付きとして、エティン荒野の国境にある橋まで行ったとき、そこでお目にかかった三人だ。」

「ああ……じゃ、あなたが、あの口をきかない黒い騎士だったのね？」ジルが、さけんだ。

「そして、あの貴婦人は、地下の国の女王だったのか？」沼むっつりは、あまり打ちとけないようすでいった。同じことを考えていたユースタスは、つい、「もしそうなら、巨人の城へ送りこんで巨人に食べさせようとするなんて、ひどい話だ。ぼくらが女王にどんなひどいことをしたっていうのか知りたいもんだ」と言ってしまった。

「なんだと？」黒い騎士は、まゆをひそめた。「こぞう、おまえがそれほど若い戦士でなければ、おまえと命を賭けて戦って、黒白をつけねばならぬところだ。わが女王陛下の名誉を傷つける言葉は許さん。陛下がおまえたちになにをおっしゃろうと、よかれと思ってのことであったのはまちがいない。おまえたちは、陛下のことを知らぬのだ。あのかたこそはあらゆる美徳の華であり、誠実で慈悲深く、貞節でやさしく、勇敢で、あらゆる善を備えていらっしゃる。そう存じあげているから、そう申すのだ。この身に対するご親切だけでさえ、どのように恩返しをしてもしきれぬものであり、それを語れば、聞く者をおどろかせることとなろう。だが、そなたらも、陛下を知れば、敬愛することになろう。ところで、深淵の国になんの用があってまいった？」

沼むっつりがとめるまもなく、ジルはしゃべってしまった。

「あたしたち、ナルニアのリリアン王子をさがしに来たんです。」

なんと危険な賭けに出てしまったのかと、ジルは気がついた。相手は敵かもしれないのだ。けれども、騎士はなんの興味も示さなかった。

「リリアンだって？　ナルニアだって？」騎士は、何気なく言った。「ナルニア？　それはどこの国だ？　そんな名前は聞いたこともない。おれの知っている地上の国から何千リーグも離れているのだろう。それにしても、その、なんだっけ、ビリアンだっけ、トリリアンだっけ？　そいつをわが陛下の国でさがそうだなんて、ばかげたことを思いついたもんだ。おれの知ってるかぎり、ここにはそんなやつはいないぞ。」

騎士が大声で笑ったので、ジルは思った。ちょっと頭がへんなのかしら？　この人の顔がなんだかおかしいのは、まともじゃないせいなのかしら？

「廃墟(はいきょ)の都の石に刻まれたメッセージをさがすようにと言われていたんです」と、ユースタスが言った。「そして、《見ヨ、ワガ下ニ》という言葉を見つけたんです。」

騎士は、さっきよりもさらに楽しそうに笑った。「そいつは、かんちがいだよ。その言葉は、きみたちのためにあるんじゃない。女王陛下に相談していたら、ましな忠告をもらえたはずだったのにな。あの言葉は、長い文の一部が残ったものなんだ。陛下は、よく覚えておられるけれども、古(いにしえ)の時代に、それはこう記されていた。


ワレ、今、王座ナク、トドマルハ地下ノ谷。

サレド、カツテ地上ノスベテハ、見ヨ、ワガ下ニ。

このことからはっきりわかるのは、ここに埋葬された古代の巨人の偉大な王さまが、自らの墓碑銘としてこのような自慢の言葉を石に刻ませたということだ。石が割れて、新しい建物を建てるためにその一部が運び出されたり、割れ目にがれきが入りこんだりしたために、今では読めるのが最後のところだけになってしまったわけだ。それを自分たちのために書かれたものと思うなんて、ずいぶんおかしな話じゃないか？」

これを聞いてユースタスとジルは、背中に冷水を浴びせられたような気分になった。あの言葉は、三人の冒険とはまったく関係がなく、三人は単なる偶然に引っかかってしまっただけだというのだ。

「気にしないでください」と、沼むっつり。「偶然なんてものは、ないんです。あたしたちの導き手は、アスランです。その偉大な王さまが、この文字を石に刻ませたとき、アスランはそこにいらしたのです。この墓碑銘がそのあとどうなるかということもアスランはご存じだったはずです。こんどのことをふくめて。」

「きみたちの案内人は、よっぽど長生きのようだな」と、騎士は、また高笑いしながら言った。

その高笑いに、ジルは少しいらいらしはじめた。

「そして、あなたの女王陛下とやらも、よっぽど長生きのようだね」と、沼むっつり。

「その言葉が最初に刻まれたときの文句を覚えているのなら。」

「するどいことを言うなぁ、カエルづら野郎。」騎士は、沼むっつりの肩をポンポンとたたきながら、また笑った。「そのとおりだよ。陛下は、神の種族であり、年をとることも死ぬこともないのだ。おれのような哀れな人間に対して、これほどのかぎりない恩恵をくださることにおれは感謝している。なにしろ、おれは非常に不思議な苦しみにたえてきた男で、女王陛下でなければこのような病人をしんぼう強く相手にしてくださらなかったであろう。今、しんぼうと言ったが、そんな生やさしいものではない。陛下は、おれに地上の王国を約束してくれたのだ。そして、おれが王になったら、陛下はおれと結婚してくださるというのだ。だが、この話は、食事もせず立ち話で語るには長すぎる。おい、そこにひかえている者ども。わが客人のためにワインと、地上人の食事を持ってこい。さあさあ、どうぞ、席に着いてくれたまえ。おじょうさんは、こちらの椅子に。これから、すべてを話して聞かせよう。」

第十一章
暗い城で

食事（というのは、ハト肉のパイと、ハムと、サラダと、ケーキだった）が運ばれると、みんなはテーブルについて食べはじめ、騎士は話をつづけた。

「ご理解いただきたいのだが、諸君、おれは自分が何者であるのか知らないし、どこからこの暗闇の世界へたどりついたのかも、わからんのだ。ほとんど天使のような女王陛下のこの宮廷で今のような暮らしをする以前のことは、なにひとつ覚えていない。おそらく陛下がおれを邪悪な呪いから救ってくださり、そのお心の広さゆえに、ここに連れてきてくださったのだろうと、おれは考えている。（誠実なるカエル足くん、コップが空じゃないか。おかわりをつがせてくれ。）そして、今でさえ、おれは呪文にしばられており、それを解けるのが陛下しかいないという事実を鑑みても、おれの考えは正しいと思う。毎晩自分の精神状態がおそろしく変わってしまう時がやってくる。心が変わると、体も変わるのだ。まず荒々しく怒り狂い、しばられていなければ、大切な友におそいかかって殺そうとする。そして、たちまち、腹をすかせてたけり狂う、おそろしい大蛇に変わってしまうのだ。（きみ、ハトの胸肉を、もう一切れ、めしあがれ。）そのように聞かされているが、女王陛下がそうおっしゃるので、それが真実だと思う。自分では、なにもわからないのだ。その時間がすぎると、おれは、おそろしい発作のことはすっかり忘れて目ざめ、もとどおりの姿にもどって、少しつかれているということをのぞいては精神状態もまともになっているからね。（おじょうさん、はちみつケーキをめしあがれ。はるか南の未開の国から取り寄せたものだよ。）さて、おれがいったん地上の国の王となり、この頭に王冠を戴きさえすれば、おれにかけられた呪いが解かれるということを、女王陛下は魔法の力でお知りになった。地上の国はすでに選ばれ、どこから打って出るかも決まっている。女王陛下の部下の地底人たちが、日夜その下を掘り進めており、もうずいぶん進んでいて、その国の地上人たちが踏みしめている草地の五メートルぐらい下までせまっている。あの地上人たちの最後の時も、もうまもなくなのだ。女王ご自身が今晩、掘削現場にいらっしゃるので、おれにもお呼びがかかるはずだ。そのとき、おれとおれの王国とをへだてているうすい大地の屋根が壊されて、おれは女王に導かれ、背後には一千もの部下をしたがえて、武装して飛び出していき、いきなり敵におそいかかり、敵の指導者たちをぶち殺し、強い守りをうちくだいて、まちがいなく二十四時間以内に王冠を戴く王となるのだ。」

「地上人にしてみれば、たまったもんじゃないね？」と、ユースタスは言った。

「きみはまた、すばらしく頭の回転のよい子だなあ！」騎士は、さけんだ。「わが名誉にかけて、思ってもみなかった。きみの言うことはわかる。」騎士は、一、二分のあいだ、かすかに、とてもかすかにこまった顔をしたが、その顔はやがて晴れやかになり、また例の大笑いをして言った。「だが、そんなに重苦しく考えてはだめだ！　連中が、自分たちがいる平和な野原や家の床のすぐ下から、泉のように飛び出してきてやつらをおそう大軍がいるというのに、そんなことを夢にも思わず日々の暮らしをつづけていると考えたら、こんなにこっけいでばかげたことはないじゃないか！　しかも、やつらは感づいてさえいないんだ！　いやはや、あいつらにしてみたって、負けた痛みから立ち直ったら、笑わずにはいられないだろうよ。」

「ちっともおかしいとは思わないわ」と、ジル。「あなたは、邪悪な暴君になるんじゃないかしら。」

「なんだって？」騎士は、まだ笑いながら、ジルの頭をぽんぽんとたたいたので、ジルは頭にきた。「われらの小さなおじょうちゃんは、よっぽどの策略家と見える。いや、心配いらないよ、おじょうちゃん。その国を統治するにあたって、おれは女王陛下の忠告に全面的にしたがうからね。陛下はそのとき、わが妃となってくださるのだ。陛下のお言葉がわが法律となるだろう。わが言葉が、われらが征服した人民どもの法律となるように。」

「あたしのいた国では、」と、どんどん騎士が嫌いになってきていたジルは言った。「奥さんの尻にしかれる男の人はあまりりっぱに思われていないわよ。」

「おじょうちゃんも、結婚したらそうは思わなくなるんじゃないかなあ。」騎士は、明らかにおもしろがって言った。「だが、陛下が相手では、話がちがう。おれは、すでに何千回とこの身を危険から救ってくださった陛下のお言葉にしたがうことに満足している。陛下がおれのためにしてくださったお心づかいは、どんな母親がわが子のためにする心細やかな苦労もおよばぬほどだ。なにしろ、いいかね、いろいろとおいそがしいなかで、陛下は何度もおれを連れて地上の国へ馬を走らせ、この目を太陽の光に慣れさせてくださったのだ。そのとき、おれはすっかり武装して顔当てもさげて、だれにも顔を見られないようにし、だれにも話しかけてはならなかった。というのも、陛下はその魔法によって、おれがだれかと話をすると、おれにかけられたこのひどい呪いが解けなくなってしまうとおわかりだったからだ。陛下こそ、心から尊敬申しあげるべき貴婦人ではないかね？」

「とてもすてきな貴婦人のようだなぁ。」そう言った沼むっつりの声は、まさに逆のことを意味する調子だった。

　夕食をおえるころには、三人は、騎士の話にすっかりうんざりしていた。沼むっつりは、「あの魔女は、このばかな若者を使って、一体なにをたくらんでいるんだろう？」と考えた。

ユースタスは、「この男は、大きな赤んぼうみたいだ。あの女のスカートのすそにしがみついて、言いなりなんだから。まぬけだな」と思った。そしてジルは、「こんなにばかで、うぬぼれ屋で、自分勝手で嫌な人は見たことないわ」と思っていた。

けれども、食事がおわると、騎士のようすが変わっていた。もう大笑いをすることはなかった。

「諸君」と、騎士は言った。「例の時間がせまってきている。きみたちにぶざまな姿を見せるのは、はずかしいが、ひとりになるのもこわいのだ。やつらはすぐに入ってきて、おれの手足をあそこにある椅子にしばりつけるだろう。残念だが、そうせざるを得ないのだ。おれは怒り狂って、手当たりしだいになんでもこわしてしまうという話だから。」

「あのう」と、ユースタス。「もちろん、呪いのことはお気の毒とは思いますが、あなたをしばりに入ってくる人たちは、ぼくらのことをどうするつもりでしょう？　牢屋に入れると言っていたように思うんです。ぼくらは、ああいう暗いところが好きじゃないし、できればあなたといっしょにいて、あなたが……そのぅ、具合がよくなるまで、いっしょにいさせてください。」

「よくぞ思いついた」と、騎士。「慣習によって、わが邪悪なときにこの身とともにとどまることができるのは女王陛下のみと定められている。陛下はわが名誉をやさしく慮ってくださって、荒れ狂うおれが口にする言葉を陛下以外のだれにも聞かせまいとしてくださっているのだ。地下のこびとたちを説得して、諸君がここにとどまるよう許してもらうのはむずかしいだろう。しかも、もう階段をあがってくるやわらかい足音が聞こえてきている。あのドアのむこうに行ってくれ。別の部屋に通じている。そこで、おれの縄が解かれておれがきみたちを迎えに行くまで待つか、あるいは、もしそうしたければ、わめきさけんでいるおれのもとへもどってくるがいい。」

三人はその指示にしたがって、それまで閉まっていたドアから出ていった。そこは、ありがたいことに、暗闇ではなく、明かりのついた廊下だった。三人はそこにあったいろいろなドアをあけてみて、顔を洗う水と、鏡さえも見つけた。（心からほしかったものだった。）

「お食事の前に手を洗いなさいとも言ってくれなかったものね」と、ジルは顔をふきながら言った。「自分勝手で、自己中心的な嫌なやつ。」

「呪いの魔法を見にもどるかい？　それともここにいる？」と、ユースタス。

「ここにいたほうがいいと思う」と、ジル。「そんなの見たくないわ。」そうは言いながらも、ジルは少し見てみたいという気がした。

「いや、もどりましょう」と、沼むっつり。「なにか情報が得られるかもしれない。

できるかぎりの情報が必要だから。女王というのは魔女で、敵であることはまちがいない。そして、地下の連中は、あたしらを見たとたんになぐりかかってきますよ。この国には、今までにないような、危険とうそと魔法と裏切りのにおいがプンプンしています。すごく気をつけて、目と耳をしっかりあけていなければいけません。」

三人は、廊下をもどって、そっとドアを押した。

「だいじょうぶだ」と、ユースタスは言った。あたりに地底人はいないという意味だ。それから三人は、さっき食事をした部屋にもどった。

正面のドアはしまっていたため、ドアのむこうにあるカーテンは見えなかった。さっきは、そのカーテンのあるほうから部屋に入ってきたのだった。騎士は、不思議な銀色の椅子にすわっていて、くるぶしとひざとひじと手首と腰をしばられていた。額には汗が光り、その顔は苦しみに満ちていた。

「お入り、諸君。」騎士は、さっと目をあげると言った。「まだ発作は起きていない。音はたてないように。詮索好きな侍従には、きみたちが寝たと言ってあるからね。さて……発作がきそうだ。急いで！　おれがまだ自分をコントロールできるうちに、聞いてほしい。発作がきたら、おれはきっと、この縛めをほどいてほしいときみたちに懇願するだろう。おどしたりすかしたりして、なんとかほどいてくれとたのみこむだろう。人から聞いた話では、そうするという。きっとやさしい言葉をかけたり、おそろしいことを言ったりして、たのみこむだろう。だが、決して耳をかたむけてはいけない。心をかたくとざして、耳をふさぐんだ。おれがしばられているかぎり、きみたちは安全だ。しかし、いったんこの椅子から立ちあがったら、まずおれは怒り狂い、それから」――騎士は、身ぶるいした――「おぞましい蛇に変わってしまう。」

「その縄をほどいたりはしませんよ」と、沼むっつり。「あばれられるのも、蛇にあうのも嫌ですからね。」

「そのとおり。」ユースタスとジルは、いっしょに言った。

「それでも、」沼むっつりは、ささやき声でつけくわえた。「用心したほうがいい。気をつけましょう。これまですべてしくじってきたからね。この人は、その気になったら、ずるい手を使いますよ。おたがいに信じられますかな？ この人がなにを言おうと、この縄にさわらないと、みんな約束できますか？ なにを言おうと、ですよ？」

「もちろん！」と、ユースタス。

「この人がなにを言おうとしようと、あたしが決心をひるがえすことは絶対ないわ」と、ジル。

「静かに！ なにかが起こっている」と、沼むっつり。

騎士がうなっていた。その顔は真っ青になり、しばられた体をよじっている。気の毒になったためか、どういうわけか、騎士がさっきよりもりっぱな人のように、ジル

には思えていた。

「ああ」と、騎士はうなった。「魔法の呪いだ。呪いだ……邪悪な魔法の重たい網の目がこんがらがって、冷たくじっとりまとわりつく。生きたまま、うめられ……地中へ引きずりおろされ、すすだらけの暗闇へ……もう何年になる？……この穴のなかで、十年、千年生きてきたのか？　まわりはウジ虫のようなやつらだらけだ。ああ、お慈悲を。出してくれ。帰してくれ。風を感じ、空が見たい……小さな池があった。のぞきこむと、まわりの景色が逆さまになって映りこんでいて、なにもかも緑で、その奥は、ずっと奥は、青空だった。」

騎士は、低い声で話していた。やがて顔をあげ、三人を見すえると、はっきりとした大きな声で言った。

「さ、早く！　私は今、正気にもどった。毎晩正気にもどるのだ。この魔法の椅子からぬけ出すことさえできれば、正気のままでいられる。また、まともな人間になれる。だが、毎晩私はしばられ、毎晩そのチャンスを逃している。しかし、きみたちは敵ではない。私は、きみたちの囚人ではない。急いでくれ！　この縄を切ってくれ。」

「動きなさんな！　おちついて」と、沼むっつりが、ふたりの子どもたちに言った。

「どうか耳を貸してくれ」と、騎士はなんとかおだやかに話そうとして言った。「この椅子から解放されたら、私がきみたちを殺し、蛇になるという話を聞いているね？

その顔つきからすると、聞いているようだ。それは、うそなんだ。私が正気にもどるのは、この時間だけなのだ。それ以外の時間は、しっかり魔法にかかってしまっている。きみたちは地下のこびとでもなければ、魔女でもない。どうして連中の味方をする？　どうかおねがいだから、この縄を切ってください。」

「動かないで！　おちついて！　動いちゃだめだ！」三人は、たがいに言いあった。

「きみたちの心は石か」と、騎士。「信じてくれ。ここにいるのは、どんな人間にもたえられないような苦しみにたえてきたあわれな男だ。敵の味方をして私をこんなひどい目にあわせつづけるなんて、いったい私がきみたちになにをしたというんだ。時間は刻々とすぎている。今こそ、きみたちは私を助けることができる。この時間がすぎると、私はまたふぬけになり、人間を苦しめようとしているあの悪魔のような魔法使いの言いなりになる。飼い犬、いや、つまらない手先にもどってしまう。ところが、今晩は、偶然にも、あいつがいないんだ！　二度と来ることのないこのチャンスをむだにしないでくれ。」

「たえられないわ。発作がおわるまで近寄らなければよかった」と、ジル。

「おちついて！」と、沼むっつり。

騎士の声は、もはやさけび声のようだった。「解いてくれって言ってるじゃないか。私の剣をよこしてくれ。剣だ！　いったん自由になったら、地下の連中に復讐（ふくしゅう）してやる。連中は一千年もそれを語り草にするだろう。」

「錯乱しはじめたぞ」と、ユースタス。「縄は、しっかり結んであるだろうね。」

「ええ」と、沼むっつり。「これでぬけ出せるようなら、ふつうの人の二倍の力があるということでしょう。あたしは剣がじょうずではないから、ぬけ出されたら、ふたりともやられちまうでしょうね。そしたら、ポウルさんは、ひとりで蛇を相手にしなければなりません。」

騎士は、ものすごい力で縄を引っ張っていたので、縄が手首や足首に食いこんでいた。「気をつけろ」と、騎士は言った。「気をつけろ。縄をちぎった夜もあったんだ。ただそのときは魔女がいた。今晩は、魔女の助けはない。今すぐ自由にしろ。そうすれば私はきみたちの味方だ。さもなければ宿敵となるぞ。」

「ずるがしこいやつですね」と、沼むっつり。

「もう一度だけ言う」と、騎士。「私を自由にしてくれ。あらゆる恐怖とあらゆる愛にかけて、地上の国のかがやける空にかけて、偉大なるライオン、アスランその人にかけて命じる――」

「うわ！」三人はまるで傷つけられたようにさけんだ。

「しるしだ！」と、沼むっつり。

「しるしの言葉が語られた。」ユースタスがもっと慎重に言った。

「まあ、どうしたらいいの？」と、ジル。

おそろしい問題だった。三人が大切にしていたあの名前を、この騎士がたまたま口にしたからといって、騎士を自由にしてしまうのなら、どんなことがあっても騎士を自由にしないとおたがいにかたく約束した意味がない。いっぽう、しるしにしたがわないとしたら、一体なんのためにしるしを覚えたのだろうか。それでも、アスランの名前にかけて縄をほどいてくれとたのむ人がいたら、どんな人でも、たとえ精神が錯乱した人でも、縄をほどいてしまってよいのだろうか。もし地下の世界の女王がしるしのことをなにもかも知っていて、三人を罠にかけようとして騎士にアスランの名前を覚えさせたのだったらどうする？　でも、これが本当のしるしだとしたら……？　もうすでに三つのしるしをだいなしにしてしまっているのだ。四つめをしくじるわけにはいかない。

「ああ、どちらが正しいのか、わかりさえすれば！」と、ジル。

「わかっているのだと思いますよ」と、沼むっつり。

「縄を解いてあげたら、なにもかもうまくいくってこと？」と、ユースタス。

「それはわかりませんが」と、沼むっつり。「いいですか、アスランは、どうなるかということはポウルさんには話していないのです。なにをするかをポウルさんに命じただけです。この人はいったん立ちあがったらわれわれを殺すかもしれない。だけど、だからといって、しるしにしたがわなくてもいいことにはなりません。」

三人は目をかがやかせて、たがいに見つめあった。死を覚悟するつらい瞬間だった。

「わかったわ」と、ふいにジルが言った。「やりましょう。さよなら、みんな！」三人は、たがいに握手をした。騎士はさけび声をあげていて、口から泡を吹いて、両のほおは泡まみれだった。

「さあ、スクラブさん」と、沼むっつりは言うと、ユースタスとともに剣を抜いて、騎士のところへ行った。

「アスランの御名において。」ふたりはそう言うと、手順よく縄を切りはじめた。騎士は自由になったとたん、ひととびで部屋のはしまで行き、自分の剣をつかむと（剣は取りあげられて、テーブルの上に置かれていたのだ）、さっと抜いた。

「まずは、おまえだ！」

騎士はそうさけぶと、銀の椅子に剣を打ちおろした。するどい剣だったにちがいない。椅子はまるで糸のようにぷっつりと切れ、あっという間にこなごなになって、きらきらと光りながら床に飛び散った。ただし、椅子がこわれるとき、閃光が走り、小さな雷のような音がして（一瞬だが）嫌なにおいがした。

「おぞましい魔法の道具め、そこにたおれるがいい」と、騎士。「おまえの女主人がまたおまえを使って別の犠牲者を出さないように。」それから騎士はふり返って、三人をよく見た。さっきまであったどこかおかしなようすが、その顔から消えていた。

「おや？」騎士は、沼むっつりを見てさけんだ。「そこにいるのは沼人か？　本物の、生きた、正直なナルニアの沼人か？」

「まあ、じゃあ、やっぱりナルニアのことを知ってるのね？」と、ジル。

「魔法にかかっていたとき、私はナルニアを忘れていたのか？」と、騎士はたずねた。

「しかし、そうした呪いの力はもう消えた。私がナルニアを知っていると信じてくれるだろう。なにしろ私は、ナルニア国王子リリアンなのだ。父は、偉大なるカスピアン王だ。」

「陛下」と、沼むっつりは、片ひざをついて身を低くした。（子どもたちもそうした。）

「あたしどもがこちらにまいったのは、あなたをおさがし申しあげるためだけです。」

「そして、そのふたりは、どなたかな？」王子は、ユースタスとジルのほうをむいて言った。

「ぼくらは、陛下をおさがしするために、世界の果てのむこうから、アスランによってつかわされたのです」と、ユースタス。「ぼくは、かつてお父上といっしょにラマンドゥの島まで旅をしたユースタスと言います。」

「きみたち三人には、とても返せない借りができたね」と、リリアン王子。「だが、父上は？　ご健在か？」

「お父上は、あたしどもがナルニアを出る前に、ふたたび東へと航海なさいました」と、沼むっつり。「けれど、王さまはとてもご高齢です。おそらくは航海中にお亡くなりになったことでしょう。」

「高齢と言うが、私が魔女につかまってから、どれくらいたっているのだ？」

「陛下がナルニアの北方の森で行方不明になられてから、十年以上たちました。」

「十年も！」王子は、まるで過去をぬぐいさろうとするかのように、片手で顔をぬぐった。「うむ、信じよう。自分を取りもどした今となっては、魔法にかかっていたときのことを思い出せるからな。魔法にかかっていたときは、本来の自分を忘れていたけれども。さて、諸君——いや、待て！　連中の足音が階段から聞こえる。（あのヌメッとした足音、ゾッとするな。）ドアに鍵をかけてくれたまえ、きみ。あ、ちょっと待て。それより、いい考えがある。アスランが知恵を貸してくださるなら、あの地下のこびとたちにひと泡吹かせてやろう。私の合図を待て。」

王子はしっかりとした足どりでドアまで歩き、パッと大きく開いた。

第十二章

地下の国の女王

地下の国のこびとがふたりやってきたが、部屋のなかに入らずに、ドアの両側に立ち、深くおじぎをした。そのすぐあとから入ってきたのは、まさかこんなところで会うとは思いもよらない、そして会いたくもない人だった。緑の衣の貴婦人こと、地下の国の女王だ。女王は、戸口にじっと動かずに立っていた。その目が動いて、状況をさっと見てとっているようすがわかった。三人の見知らぬ者たち、こわれた銀の椅子、解放されて剣を手にしている王子。

女王の顔は白くなった。けれども、ジルは思った――この白さは、おびえているときではなく、怒っているときになる顔色だと。しばらくのあいだ、魔女は王子をじっと見すえた。その目には殺意があった。それから、ふっと考えを変えたようだった。

「さがりなさい。」魔女は、ふたりのこびとに言った。「そして、呼ぶまでは邪魔をせぬよう。そむけば死刑です。」

こびとたちはおとなしく立ちさり、魔女の女王はドアを閉めて、鍵をかけた。

「いかがなさいましたか、王子さま。まだいつもの夜の発作が起こらないのですか、それとも、とっくにおわったのですか？　どうして縄をほどかれて立っているのです？　このよそ者たちはだれです？　あなたの唯一の安全な場所である椅子をこわしてしまったのは、この者たちなのですか？」

リリアン王子は、話しかけられて身ぶるいをした。それも無理はない。十年間ものあいだとらわれていた魔法を、たった三十分ですっかりふりはらうのは、容易ではないのだ。王子は大いに努力をしてこう言った。

「マダム、その椅子は、もう必要ではない。それに、私がとらわれていた呪いの魔法のことで心から私に同情してくださっていると言うあなたのことだから、その魔法がもう永遠におわったと知っておよろこびくださることだろう。どうやら、この魔法をおさえるあなたのやりかたにちょっとしたまちがいがあったようだ。こちらにいる私の真(まこと)の友だちが、魔法を解いてくれたのだ。おかげで私はもとどおりの精神状態となり、あなたに言いたいことがふたつできた。まず──私を地下のこびと軍の指揮官にして地上の国をおそわせ、なんの罪もない国民たちの王とするというあなたの計画だが──そう、あなたは私に地上の貴族たちを殺させ、血なまぐさい異国の暴君として、その玉座をうばわせようとしていたわけだが──ようやく自分をとりもどした今となっては、そんな計画はまったくおぞましい、ひどいものとしか思えないので、やめることにする。そして第二に、私はナルニア王の息子リリアンであり、航海王カスピアンという名で呼ばれることもあるカスピアン十世のひとり息子なのだ。それゆえ、あなたの宮廷をすぐさま立ちさり、自らの国へもどることこそ、わが義務であり意志だ。どうか、私とわが友が安全にあなたの暗い国から出られるよう、案内をつけていただきたい。」

さて、魔女はなにも言わなかったが、ゆっくりと部屋を横切り、そのあいだじゅう王子のほうへ顔と目をじっとむけていた。暖炉からあまり離れていない壁についている小さな箱のところまで来ると、その箱をあけて、なかからまず、ひとつかみの緑色の粉を取り出した。それを火のなかに投げこむと、あまり炎はあがらなかったが、とても甘く眠たくなるようなにおいが立ちのぼった。このあと魔女が話をするあいだ、そのにおいはどんどん強くなり、部屋じゅうに満ちてきて、だんだん頭がぼうっとして、ものが考えられなくなってきた。つぎに、魔女はマンドリンのような楽器を取り出し、指で奏ではじめた。単調にくり返されるつまびきかたなので、数分もすると気にならなくなるのだが、気にならなくなればなるほど、その音が頭のなかや体のなかに深く入りこんでくるのだ。そのせいで、やはり頭がぼうっとしてきた。魔女は、しばらく演奏してから(あまいにおいはずいぶん強くなっていた)、やさしい静かな声で話しはじめた。

「ナルニアですって？　ナルニアねえ？　あなたがわめいているときに、その名前を口にするのを何度か聞いたことがありますよ。王子さま、あなたは重い病気なのよ。ナルニアなんていう国はありませんよ。」

「いえ、あります」と、沼むっつり。「だって、あたしはずっとそこに住んでいたんですから。」

「あら、そう？」と、魔女。「じゃあ、どこにあるのか教えてちょうだい。」

「この上です」と、沼むっつりは、自信をもって上を指さした。「正確にどことは、言えないが。」

「なんですって？」女王は、やさしそうな、やわらかい、音楽のような笑い声をたてた。「この天井の石やモルタルのなかに国があるというの？」

「いいえ。」沼むっつりは、息苦しそうに言った。「地上の世界にあるのだ。」

「それで、その、なんと言ったかしら、地上の世界とやらは、なんなの？　どこにあるの？」

「ああ、そんなばかなことを言うなよ。」あまい香りと音楽の魔法にかかるまいとがんばっていたユースタスが言った。「知らないふりをするな。上にあるんだ。空や太陽や星が見えるところにあるんだ。あんただって、そこにいたじゃないか。そこで、ぼくらに会った。」

「あら、ごめんなさい、ぼっちゃん。」魔女は、笑った。（最高に愛らしい笑いだった。）「お会いしたなんて、覚えていないわ。夢を見ると、不思議なところでお友だちに会うものでしょ。みんなが同じ夢を見ているのでないかぎり、それを覚えていてほしいなんてねがうのは、無理というものよ。」

「マダム」と、王子は厳しい声で言った。「私はナルニアの王の息子であると、すでに申しあげたはずだが。」

「そうね。ナルニアの王にしてあげるわ。」魔女は、まるで子どもをあやすように、なだめる声で言った。「あなたの夢のなかのたくさんの想像の国の王さまにしてあげる。」

「あたしたちは、そこにいたこともあるのよ。」ジルがぴしゃりと言った。ジルは、自分が刻一刻と魔法にかかっていることを感じていたために、とても腹立たしい思いだった。けれども、もちろん、まだそれが理解できるということは、すっかり魔法にかかったわけではないということだった。

「あなたもナルニアの女王なのね、かわいいおじょうさん。」魔女は、なかばばかにしたような、なだめすかすような声で言った。

「あたしは、そんなんじゃないわ」ジルは、地団駄を踏んだ。「あ、た、し、た、ち、は別の世界から来たのよ。」

「あら、さっきのゲームよりおもしろいゲームね」と、魔女。「教えてちょうだい、おじょうちゃん、その別の世界ってどこにあるの？　そことここのあいだには、どんな船や馬車が行き来しているのかしら？」

もちろんいろんなことがジルの頭のなかに、どっと矢のようによぎった。学校のこと、アディラ・ペニファーザーのこと、自分のうちのこと、ラジオのこと、映画のこと、車のこと、飛行機のこと、配給手帳のこと、配給をもらうための行列のこと。けれども、そのなにもかもがぼんやりとして遠ざかっていくように思われた。（ポロン――ポロン――ポロン――と、魔女の楽器の弦が鳴った。）ジルは、私たちの世界にあるいろいろな物の名前が思い出せなくなった。そしてこんどは、魔法にすっかりかかってしまったために、自分が魔法にかかっていることもわからなくなった。もちろん、魔法にかかればかかるほど、自分は魔法になどかかっていないと思いこむものだ。ジルはいつのまにか、こう言っていた。（そう言うと気が楽になったのだ。）

「はい。別の世界なんて、ぜんぶ夢だと思います。」

「そう。ぜんぶ夢なのよ。」魔女は、つまびきながら言った。

「はい。ぜんぶ、夢です」と、ジル。

「そんな世界なんて、ありはしなかったのよ」と、魔女。

「はい」と、ジルとユースタスが言った。「ありはしませんでした。」

「私の世界以外、世界なんてなかったのよ」と、魔女。

「あなたの世界以外、世界なんてありませんでした」と、ふたりは言った。

沼むっつりは、まだこらえて踏んばっていた。「世界というのは、なんのことかよくわからないね」と、沼むっつりは、空気がたりなくて苦しんでいる人のように言った。「でもまあ、その指がポロポロ落ちるまで、勝手にポロンポロンとやってりゃいいさ。そんなことをしたって、あたしにナルニアを忘れさせることはできないよ。地上の世界のこともね。もう二度とお目にかかれないのかもしれないけれど。あんたはあの世界を消しさって、この国みたいに真っ暗にしてしまったのかもしれない。きっとそうにちがいない。だけど、あの国はたしかにあったんだ。あたしは、満天の星を見た。太陽が朝、海からのぼってきて、夜、山のむこうにしずむのを見た。まぶしくて見つめられないほどの太陽が真昼の空高くあるのを見たんだ。」

沼むっつりの言葉には、人をふるいたたせる効果があった。ほかの三人は、大きく息を吸って、目ざめたばかりの人のように、たがいに目を見あわせた。

「そうだ、そうだよ！」王子が、さけんだ。「そのとおりだ！　アスランの祝福がこの正直な沼人にありますよう。われわれはみんな夢を見ていたんだ、この数分間。なんで忘れることができたんだろう？　もちろん、われわれは太陽を見たことがある。」

「そうだ、見たことがある！」と、ユースタス。「よくやった、沼むっつり！　まともなのは、きみだけだな。」

すると、眠たげな夏の午後三時ごろに古い庭の高いニレの木にいる森バトのように、やさしくつつみこむような魔女の声がした。

「あなたがたのおっしゃる、その太陽とはなにかしら？　その言葉には、なにか意味があるの？」

「ええ、もちろんです」と、ユースタス。

「それがどんなものか教えてくださる？」魔女はたずねた。（ポロン、ポロン、ポロンと、弦がひびく。）

「申しあげましょう」と、王子が、とても冷たく、ていねいな言葉づかいで言った。「あそこにランプがありますね。まるくて黄色くて、部屋じゅうに光を放っている。そして、天井からぶらさがっている。われわれが太陽と呼ぶのは、あのランプのようなものだが、ずっと大きくて、ずっと明るいのだ。地上の世界全体に光を放ち、空からぶらさがっているのだ。」

「なにからぶらさがっているですって？」魔女はたずね、みんながそれにどう答えようかと考えているすきに、またやわらかい銀の鈴のような笑い声をあげた。

「ほらね？　その太陽とかいうものがなにかをはっきりと考えようとしても、説明できないでしょ。ランプのようなものとしか言えないじゃない。太陽なんて、夢なのよ。その夢のなかでは、なにもかもランプに似ているんでしょ。ランプこそが本物ですからね。太陽なんて、子どもだましの、でっちあげにすぎないわ。」

「わかりました。」ジルが、重苦しい、あきらめた調子で言った。「おっしゃるとおりなんだと思います。」そう言ったとき、ジルは、自分がとても正しいように思えた。

ゆっくりと、重々しく、魔女はくり返した。「太陽なんてないのです。」

みんなは、なにも言わなかった。魔女は、もっとやわらかく、もっと深い声でくり返した。「太陽なんてないのです。」しばらくして、心のなかで苦しんだすえに、四人とも声をそろえて言った。「そのとおりです。太陽なんてありません。」あきらめてそう言うと、とてもほっとした。

「昔から太陽なんてなかったのです。」魔女は言った。

「はい。昔からありませんでした。」王子と沼人と子どもたちが言った。

ジルは、この数分間、なんとしても思い出さなければならないなにかがあるような気がしていた。そして今ようやくそれを思い出した。けれども口に出すのはかなりむずかしいことだった。ものすごい重しがくちびるの上に載っている気がした。とうとう、渾身(こんしん)の力をふりしぼって、ジルは言った。

「アスランがいるわ。」

「アスランですって?」魔女は、とてもかすかにつまびく指を速めた。「なんてかわいらしい名前でしょう！　それはどういう意味？」

「アスランは大きなライオンで、ぼくらを呼び出したんです」と、ユースタス。「そして、リリアン王子をさがすようにおっしゃった。」

「ライオンってなあに？」と、魔女。

「おい、いいかげんにしろ！」と、ユースタス。「知らないのか？　なんて言って説明したらいいんだ？　ネコは見たことあるだろ？」

「もちろん」と、女王。「ネコは、大好きよ。」

「えっと、ライオンはちょっと――ほんのちょっとだけ――大きなネコみたいなんだ。たてがみがあって。馬のたてがみとはちがってて、裁判官のかつらみたいな大きなたてがみで、黄色いんだ。そして、ものすごく強いんだ。」

魔女は頭をふった。「なるほどね。あなたがライオンとおっしゃるのも、さっきの太陽と同じだわ。ランプを見て、もっと大きくて明るいものを想像し、それを太陽と呼んだ。こんどはネコを見て、もっと大きくて強いネコがほしくなり、それをライオンと呼んでいる。なかなかおもしろいごっこ遊びだけれど、正直言って、もっと幼い子にふさわしい遊びね。しかも、現実の私の世界にあるものを真似してばかりいるじゃない。この世界のほかにはなにもありはしないから。でも、いくら子どもだからって、あなたたちにはそんな遊びは幼稚すぎるわ。それに、あなたは王子で、りっぱな大人なのに、だめじゃない！　そんなばかげたことをして、はずかしくないの？　さあ、みなさん。こんな子どもじみた遊びはやめましょう。この現実の世界でやってほしいことがあるのよ。ナルニアなんてないし、地上の世界もない。空も太陽も、アスランも、ない。さ、ベッドに行きなさい。明日（あした）はもっとかしこく一日をはじめましょう。でも、まずは、ベッドへ行きなさい。寝るのよ。ぐっすり眠って、やわらかいまくらで、ばかな夢など見ないで眠りなさい。」

王子とふたりの子どもたちは、うなだれて、顔を赤らめ、目を半分閉じながら立っていた。すっかり力がぬけていて、ほぼ完全に魔法にかかっていた。けれども、沼むっつりは、必死になって力をふりしぼり、暖炉まで歩いていき、とても勇敢なことをした。人間だったら大けがをするところだが、沼人なのでそれほどではないとわかっていた。というのも、沼むっつりの足（はだしだった）には水かきがついていて、かたくて、アヒルの足のように冷たかったからだ。それでも、ものすごく痛いとわかっていたし、実際とても痛いことだった。沼むっつりは、はだしの足で火を踏みつけ、ぐりぐりと足で押さえつけてほとんど火を消してしまったのだ。すると、たちまち三つのことが起こった。

一つめは、あまくて重たいにおいがぐっとおさまったことだ。火はすっかり消えたわけではないが、ほとんど消えていたので、残ったにおいは沼むっつりの焦げた足のにおいだった。それは、決してうっとりとさせられるようなにおいではなかった。このために、たちまちみんなの意識がはっきりした。王子と子どもたちはふたたび頭をしっかりあげ、目をあけた。

二つめは、魔女が、それまでのあまったるい調子とはまったくちがうおそろしい大声で、こうさけんだことだ。

「なにをする？　泥のクズ野郎、わが炎に二度とさわるな。さもないと、おまえの血管のなかの血を炎に変えてやるぞ。」

三つめは、沼むっつりが感じた痛みのせいで、沼むっつりの頭が完璧にはっきりとし、自分が本当はなにを考えていたのかすっかりわかったことだ。ある種の魔法を解くには、痛みを感じてびっくりするのがよいのだ。

「ひとこと言わせてもらいましょう。」沼むっつりは、暖炉からもどってきて言った。痛いので足を引きずっている。「ひとこと。あんたが言っていたことは、まさにそのとおりです。あたしは、いつも最悪のことばかり考え、そうしておいて、それを平気な顔でやりすごそうっていう男です。だから、あんたの言ったことを否定はしない。だけど、それでもひとつだけ言っておかなきゃなりません。木々とか草とか太陽とか月とか星とかアスランそのひとも、単にあたしらが夢見ていただけ、あるいはでっちあげたにすぎないとしましょう。たとえそうであったとしても、それならそれで、そうした心のなかで想像した物事のほうが本物よりもずっとずっと大切なのだ。仮に、本当に存在するのは、あんたのこの暗い王国だけだとしましょう。まあ、ひどくなさけない世界に思えますがね。考えてみると、おかしな話です。あんたの言うとおりなら、あたしたちはごっこ遊びをしている幼い子どもみたいなものだ。でも、ごっこ遊びをする四人のちっちゃな子は、あんたの現実の世界なんかつまらなくて話にならないほどすばらしい遊びの世界を作りあげることができる。だから、あたしは、遊びの世界を大切に思うんです。たとえ、その世界を導いてくれるアスランなんて現実にはいないとしても、あたしはアスランを信じます。たとえナルニアなんてありゃしないとしても、あたしは死ぬまでナルニア人なんだ。というわけですから、夕食は、どうもごちそうさまでした。こちらの紳士おふたりと若いご婦人の用意がよければ、直ちにあんたのお城から失礼させていただいて、暗闇に足を踏み入れさせていただきます。一生かかっても地上の国にたどりつけないかもしれないが、そうそう長生きもできますまい。この世があんたの言うようにつまらないところなら、死んでもおしくはないさ。」

「よくぞ言った！　いいぞ、沼むっつり！」ユースタスとジルがさけんだ。ところが、王子が突然さけんだ。「気をつけろ！　魔女を見ろ。」

魔女を見た四人の髪の毛はほとんど逆立った。

魔女の手から楽器が落ち、両腕が体にくっついたように見えた。二本の脚はたがいにからまるようによじれていき、足首の先はなくなってしまった。長いスカートの緑のすそがふくらんでかたくなり、よじれた脚が緑の柱のようになったところとくっついた。のたうちまわる緑の柱は、くねくねと動きまわった。まるで関節がなくなったか、あるいはどこもかしこも関節だらけになったかのようだ。頭は大きくのけぞり、鼻のあたりがぐんぐん長くのびて、らんらんと燃えさかる大きな目ばかりが残って、顔のほかの部分は、まゆ毛もまつ毛も、なくなった。これだけのことを書きとめるには時間がかかるが、すべてはあっという間で、見る見るうちに起こったことだった。あれよあれよという間に、この変化はおわっていて、かつては魔女だったこの大蛇は、毒々しい緑色をして、ジルの腰まわりほどの太い、おぞましい体を、王子の脚にぐるり、ぐるりと三度ばかりからみつけ、電光石火の速さでさらにもう一巻き、大きくまわって、剣をにぎった王子の腕もろともしめあげようとした。けれども、王子は危機一髪のところで、腕をあげて、それを逃れた。生きた結び目は王子の胸のところだけにかかって、ぎりぎりと王子をしめつけ、小枝のように、王子の肋骨（ろっこつ）をくだこうとしていた。

王子は、左手で蛇の首根っこをつかまえ、息がとまるまでしめあげた。蛇の顔は

(顔と呼べるものであれば)王子の顔から十三センチほどのところまでせまっていた。先がふたつに割れたおそろしい舌が口からピロピロと飛び出したが、王子には届かなかった。王子は右手で剣をふりあげて、できるかぎり思い切りふりおろした。いっぽう、ユースタスと沼むっつりも剣を抜いて、助けに駈けつけた。三人はいっぺんにおそいかかった。ユースタスの剣は(鱗をつらぬくこともできず、役に立たなかったが)王子がつかんだ手の下にある蛇の体をうちすえたし、王子と沼むっつりの剣は蛇の首を打ちすえた。それでも、蛇は死んでしまうことはなく、王子の脚と胸にからまりついていたのをゆるめただけだった。三人は何度も剣をふりおろして、首を切り落とした。おそろしい蛇は、死んだあともしばらく、針金のようにビョンビョンと動き、あたりいちめん、おぞましい血の海となった。

　王子は、息がつけるようになると、「諸君、ありがとう」と言った。それから三人の征服者たちはたがいに顔を見あわせ、ひとことも言わずに、長いあいだあえいでいた。ジルはかしこくもおとなしくすわって、こう思っていた。「あたし、気を失ったり、よけいなことを言ったり、ばかなことをしないといいんだけど。」

　やがて、リリアン王子は言った。「わが母上である王妃のかたきをとったぞ。これこそ、何年も前に、ナルニアの森の泉の近くで私が追いかけて逃がしてしまったあの蛇にちがいない。何年も、私は母上を殺した敵の言いなりになっていたのだ。だが、諸君、あのけがらわしい魔女が最後に蛇の姿にもどったのはよろこばしい。女性を殺すのは、わが心、わが名誉に照らしてふさわしくないことだからな。ところで、貴婦人はだいじょうぶか。」王子が貴婦人と言ったのは、ジルのことだった。

「あたしは、だいじょうぶよ、ありがと」と、ジル。

「おじょうさん」と、王子はおじぎをしながら言った。「あなたはたいへん勇敢だ。それゆえ、あなたはあなたの国の気高い一族のご出身でいらっしゃることだろう。さあ、来てくれ、諸君。ここにまだワインが残っている。少し気分転換をして、たがいに乾杯をしよう。それから、例の計画にもどろう。」

「いい考えですね、殿下」と、ユースタスが言った。

第十三章

女王のいない地下の国

ようやく「ひと息つけるね」とユースタスが言い、みな、そのとおり「ひと息ついて」ほっとした。魔女はドアに鍵（かぎ）をかけ、地下のこびとたちにじゃまをしないように言ったから、今のところだれかが入ってくる危険はない。最初にしなければならないのは、もちろん、沼むっつりのやけどした足の手当てだった。王子の寝室にあったきれいなシャツを二枚、帯状に裂き、夕食のテーブルにあったバターやサラダ油を塗って、かなりきちんとした包帯をしてあげることができた。それがおわると、みんなすわって、少し飲み食いをしながら、地下の国から逃げる算段を話しあった。

リリアン王子は、地表に出る出口はたくさんあると説明した。これまでにそうしたところを通って外へ連れ出されたことがあったのだ。けれども、かならず魔女がいっしょで、ひとりで出たことはなく、いつも太陽のない海を船でわたっていった。魔女なしで、しかも四人のよそ者たちだけで港へ行って「船に乗りたい」などと言ったら、地下のこびとたちがなんと言うか、だれにも想像がつかなかった。きっと、いろいろと質問されて、こまってしまうことだろう。いっぽう、地上の世界を侵略するために用意された新しい通路は、海のこちら側にあり、ほんの数キロ先にあった。王子は、その通路がほとんど完成していることを知っていた。掘り進んだ先のほんの数メートル先に、地上の外気があるのだ。すっかり完成している可能性さえあった。ひょっとすると、魔女がもどってきたのは「通路が完成した、さあ攻撃せよ」と王子に告げるためだったのかもしれない。たとえ、まだ完成していないとしても、数時間もかければその通路を掘って、外に出られるだろう――とちゅうで、敵にとめられもせず、しかもその通路に見張りがいなければ。しかし、敵がどこにもいないとは、考えられなかった。

「あのですね――」と、沼むっつりが言いはじめたところで、ユースタスが口をはさんだ。

「ねえ、あの音、なに？」

「あたしも、ずっと、へんだなって思ってたのよ！」と、ジル。

実は、みんな、その音を耳にしていたのだが、音はだんだんとゆっくり大きくなってきていたので、いつ最初に気づいたかわからないでいたのだ。最初のうち、それはそよ風やとても遠くの往来の音のようなぼんやりとした雑音でしかなかったが、だんだん海鳴りのような音となり、やがてガラガラ、ゴロゴロという音になった。今や、だれかの声もまじっていたし、声ではない、なにかがゴーとなるような音もしている。

「アスランにかけて」と、リリアン王子は言った。「この静かな国が、ついに声をあげたらしい。」

王子は立ちあがり、窓辺へ歩き、カーテンをあけた。ほかの者たちも王子のそばに寄って、外をのぞいた。

最初に目に入ったのは、大きな赤いかがやきだ。頭上三百メートルほどの地下の国の天井が全体に赤く染まっており、この世界ができてからずっと暗闇にかくれていた岩だらけの天井が今は見えるようになっていた。この赤いかがやきは、町のむこうのほうからの赤い光の照り返しであり、陰気で巨大なたくさんの建物がその赤みを背後に黒々とそびえていた。その光で、町から城へとつづくたくさんの通りも照らしだされていた。そうした通りで、なにやらとても不思議なことが起こっていた。ひしめきあう物言わぬこびとたちの群衆はいなくなっており、その代わりに、ひとり、あるいは二、三人で、通りを駈けぬける人たちがいた。姿を見られたくないかのように、砦のかげにかくれたり、戸口のかげにかくれたりしながら、つぎのかくれ場所にむかって通りを横切るのだ。ところが、この地下のこびとたちのことを知っている者にとって、なにによりも不思議だったのは、その音だった。あちらこちらから、怒鳴り声やさけび声が聞こえる。港からはどんどん大きくなるゴロゴロという低い音がしており、町じゅうをゆるがしていた。

「こびとたちは、どうしたんだ？」と、ユースタス。「さけんでいるのは、こびとたちなのか？」

「ありえない」と、王子。「うんざりするほど長いあいだとらわれてきたけれど、あいつらが大声でなにか言うなんて、聞いたこともない。なにか新手のいたずらだろう。」

「あそこの赤い光はなんなの？」と、ジル。「火事かしら？」

「あたしに言わせりゃ」と、沼むっつり。「ありゃ、大地のマグマが噴火して、新しい火山になったんでしょう。あたしたちは、そのどまんなかにいますね。」

「あの船を見て！」と、ユースタス。「なんであんなに速く進むのかな？　だれも漕いでないよ。」

「ごらん！　ごらんよ！」と、王子。「あの船は、もう波止場を越して進んでくる。通りに入ってきた。ほら！　船という船が、町に流れこんでいる。なんということだ、海があがってきているんだ。洪水だ。アスランに誉れあれ。この城が高みにあるのはありがたいことだ。それにしても、なんという速さで水が押し寄せることか。」

「ああ、どうなってるの？」ジルがさけんだ。「火が燃えているところもあれば、水が押し寄せているところもあって、人々が逃げまどってるわ。」

「どういうことか言いましょう」と、沼むっつり。「あの魔女は、自分が死んだら、その瞬間に王国全体がばらばらになるようにまじないをかけていたんですよ。あいつは、自分を殺したやつが五分後に火に焼かれるか、生きうめになるか、おぼれ死ぬとわかっていたら、自分が死んでもかまわないと思うようなやつですからね。」

「そのとおりだな、沼むっつり」と、王子。「われらの剣が魔女の頭を切り落としたとき、あの一撃で魔女の魔法はすべて解かれて、今やこの深淵の国はこなごなになっているんだ。われらが見ているのは、地下の国の最後だな。」

「そのとおりです」と、沼むっつり。「この世のおわりでないとしたら。」

「だけど、あたしたち、このままここでじっと待ってるの？」ジルが、あえいだ。

「それはちがう」と、王子。「わが愛馬コールブラックを救い出してやりたい。魔女の馬スノーフレイクだって、もっとましな主人にふさわしい、りっぱな名馬だ。救わなければ。二頭とも、中庭の馬小屋に入れられている。馬を救ってから、高いところへの逃げ道をさがそうじゃないか。いざとなったら、一頭にふたりずつ乗れるだろうし、馬たちにがんばってもらえば、洪水に追いつかれずに逃げられるかもしれない。」

「殿下、鎧兜を身につけてくださいませんか」と、沼むっつり。「あのようすはどうも気に入りません。」

そう言うと、沼むっつりは、下の通りを指さした。ほかの三人も見おろした。何十もの生き物たちが波止場のほうからこちらへやってきている。(かなり近づいてきていたので、地底人たちだとはっきりわかった。)ただ、ぶらぶら歩いてくるのではなく、攻撃を仕掛ける現代の兵士たちのように、パッと走っては物かげにかくれ、城の窓から見られないように気をつけて進んできているのだ。

「あの鎧兜の内側は二度と見たくない」と、王子。「あれを着て馬に乗るのは、動く牢獄に入っているようなものだ。呪いと奴隷の嫌な思い出で、むしずが走る。だけど、盾は持っていこう。」

王子は部屋を出たが、しばらくすると、目に不思議な光を浮かべてもどってきた。

「ねえ、みんな」と、王子は盾をみんなにさしだして言った。「一時間前、こいつは真っ黒で、なんの銘も書かれていなかったけど、ほら、ごらん。」盾は銀色にきらきらかがやいて、その上に、血やサクランボよりも赤い色で、ライオンの姿が描かれていた。王子は言った。

「これは、われらが生きようと死のうと、疑いもなく、アスランがわれらの主であるという意味だ。われらが生き延びるのか死ぬのかは、どちらでも同じことだ。さあ、みんなひざまずいて、このアスランの絵姿にキスをしようじゃないか。そして、やがて別れる真の友のように、握手をしあおう。それから、町へおりて、ぼくらのやるべき冒険をしよう。」

三人は、王子の言ったとおりにした。ユースタスはジルと握手をしたときに、こう言った。

「さよなら、ジル。いままで臆病者で、ひきょうで、ごめんね。きみが無事にうちに帰れることを祈ってるよ。」そして、ジルも言った。「さよなら、ユースタス。あたしも、いじわるでごめんね。」たがいに下の名前を言いあったのは、これが初めてだった。学校では名字で呼びあっていたからだ。

王子がドアの鍵をあけると、みんなは階段をおりはじめた。三人は抜き身の剣をかまえ、ジルはポケットナイフを抜いていた。ドアのところにいたふたりのこびとたちの姿は見えなくなっており、階段の下にある大きな部屋にも、だれひとりいなかった。灰色の憂鬱なランプはまだともっており、その光のおかげでつぎつぎと廊下を通り、階段をおりていくことができた。上の部屋で聞いた城の外の音は聞こえなくなっていた。城のなかは、どこもかしこも死んだように静まり返っていて、がらんとしていた。角を曲がって一階の大広間に入ったところで、初めて地下のこびとと出会った。太った白っぽいひとで、ブタのような顔をしており、テーブルにあった残飯をたいらげていたのだ。そのひとは、ブヒブヒ言うような鳴き声をたて（まったくもってブタみたいな声だ)、その長いしっぽをもう少しのところで沼むっつりにつかまれそうになるところを、さっとベンチの下にもぐりこんで逃げた。それから、とても追いかけられない速さで、大広間の奥のドアをぬけて駈けさってしまった。

大広間から外へ出ると、中庭だった。ジルは、夏休みのあいだに乗馬学校へ通っていたので、すぐに馬小屋のにおいがするのに気づいた。(地下の世界のようなところでは、まっとうな、生活感のただよう、すてきなにおいに感じられた。)そのとき、ユースタスが言った。

「おどろいた。あれ、見てよ!」

城壁のどこかむこうから、大きな打ちあげ花火があがり、無数の緑の星となって散った。

「花火だわ!」ジルが、わけがわからないというような声で言った。

「そうだね」と、ユースタス。「だけど地下のこびとたちが、花火を打ちあげて楽しんでいるとは思えないよ。なにかの合図だ。」

「あたしたちにとって、いい合図じゃないでしょうねえ」と、沼むっつり。

「諸君」と、王子。「いったんこのような冒険に乗りだした以上、希望や恐怖などとは別れを告げねばならない。さもなくば、死がこようと、救いがこようと、どちらも手おくれとなり、名誉も理性も失われてしまう。やあ、わが美しき馬たち。」(王子は、馬小屋のドアをあけた。）「よしよし、おまえたち！　どうどう、コールブラック！　静かにしろ、スノーフレイク！　おまえたちを忘れちゃいないよ。」

馬たちは、見たこともない光と聞いたこともない音に、おびえていた。ジルは、暗い穴を通ってほら穴からほら穴へうつるのをあんなにこわがっていたのに、こんどはこわがりもせずに、足踏みをしていななく馬たちのあいだに入っていった。ジルと王子は、二、三分もすると、馬に鞍をつけ、手綱をつけた。中庭に出てきた馬たちは、胸をはって、とてもかっこよく見えた。ジルはスノーフレイクにまたがり、沼むっつりはそのうしろに乗った。ユースタスは、コールブラックの背にまたがる王子のうしろに乗った。それから、ひづめがパカパカと鳴りひびくなか、四人は城の表門から通りへ乗りだした。

「焼け死ぬ危険はあまりなさそうですね。不幸中のさいわいだ。」沼むっつりが、右手を指して言った。百メートルほど先まで水が押し寄せ、家々の壁に打ち寄せていたのだった。

「みんな、勇気を出せ！」と、王子。「あの水があるところは急な下り坂になっているんだ。水は、まだ町でいちばん高い丘の半分までしかあがってきていない。もう三十分でぐっとせまってくるかもしれないが、そのあと二時間たっても、たいしてあがってこないかもしれない。むしろ、私が恐れているのは、あれだ――」王子が剣で指し示した先には、イノシシのような牙（きば）を生やした、とても背の高い地底人がいた。そのあとから、いろいろな形や大きさの地底人たち六人が、わき道から飛び出してきたかと思うと、家のかげへすっと姿をかくした。

王子は先頭に立って、赤い照り返しの光をずっと目指し、その少し左側へ進んだ。王子の計画は、あの火山の火（もしそれが火であるなら）を回避して高台へ出れば、新しく掘られた地下の道へたどりつけるかもしれない、というものだった。ほかの三人とちがって、王子はなんだか楽しそうなようすだった。王子は馬を進めながら口笛を吹き、アーチェン国の英雄である鉄拳（てっけん）コリンをたたえる古い歌を口ずさんだ。実のところは、長い魔法から解放されたのがあまりにうれしくて、それと比べたらどんな危険もゲームのように思えていたのだ。けれども、ほかの三人にとっては、不気味な旅だった。

みんなのうしろでは、船同士がぶつかってきしみあう音がしており、くずれ落ちる建物のこわれる音がひびいていた。頭上には、ぎらつく赤い光の照り返しが地下の世界の天井をすっかり照らし出していた。前方のかなたには、あいかわらず不思議な赤い光があり、それ以上は大きくならないようだった。赤い光のある方角から、さけび声や、悲鳴や、口笛のような音や、笑い声や、金切り声や、怒鳴り声といった、がやがやとしたざわめきがずっと聞こえていた。いろいろな花火が、真っ暗な空にあがったが、それがどういう意味なのか、さっぱりわからなかった。すぐ近くの町なみは、赤い光に照らしだされているところもあれば、それとはちがうこびとたちの陰気なランプに照らされているところもあった。しかし、どちらの光も照らさないところもあちこちにあって、そこは真っ暗だった。そうした暗闇から、地下のこびとたちがしょっちゅう飛び出してきては、ほかの暗闇へと消えていき、じっとジルたちのようすをうかがいながらも、見つからないようにひそんでいるのだ。大きな顔もあれば小さな顔もあり、魚の目のように大きな目もあればクマの目のように小さな目もあった。羽やかたい毛におおわれた者もいれば、角や牙を生やした者もあり、鞭縄のようにたれた鼻や、ヒゲのように長いあごをした者もいた。時折、こびとたちの集団が大きくなりすぎたり、近くまでせまってきたりすると、王子は剣をふりまわして、おそいかかるふりをしてみせた。すると、こびとたちは、わいわい言ったり、キーキー泣いたり、コッコッと舌を鳴らしながら、暗闇へ飛びこんでいくのだった。

けれども、みんながけわしい坂道をいくつものぼり、洪水から離れた高みにあがって、町をぬけて山の奥へ入りこもうとしたところで、事態はますます深刻になった。今や、赤い照り返しにかなり近づき、ほとんど同じ高さまできていたが、それでもまだ、この赤い光がなんなのかわからなかった。とは言え、その光のおかげで、敵の姿ははっきりと見えた。何百もの――おそらくは数千もの――こびとたちが、ひしめいて、赤い光にむかって押し寄せていた。しかし、こびとたちは、ほんの少し走ると立ちどまり、立ちどまるとふり返って、ジルたちのようすをうかがうのだ。沼むっつりが言った。

「殿下がおたずねとあらば申しますが、やつらは、われらの行く手をさえぎるつもりだと思います。」

「私もそう思っていた、沼むっつり」と、王子。「あんなにたくさんの敵を相手に戦うことはできない。いいか、聞いてくれ！　あの家の片すみまで馬を走らせよう。そして、そこに着いたら、きみは馬をおりて、物かげにかくれるんだ。姫と私は、そこから少し馬を前へ歩かせる。あいつらの何人かがついてくるだろう、きっと。うしろにぎっしりむらがっているからな。沼むっつり、きみは腕が長いんだから、きみの前を敵が通りかかったら生けどりにしてくれ。そいつから本当のところを聞き出そう。なぜわれわれと争おうとするのか、教えてもらおう。」

「だけど、あたしたちがつかまえたこびとを助けようとして、みんなおそいかかってこないかしら」ジルは、できるだけ声をふるわせないようにして言った。

「そうしたら、われわれは、きみを守って戦って死んでいくよ。そのときは、アスランにしたがってくれ。さ、沼むっつり。」

沼人は、ネコのようにすばやく、物かげへすべりこんだ。ほかのみんなは、とてもドキドキしながら歩いて前へ出た。すると、突然、うしろのほうから、血が凍るようなさけび声が何度もひびいて、それにまじって、沼むっつりのなじみのある声が言った。

「おいおい！　痛い目にもあってないうちからさけぶなよ。痛い目にあいたいのか、え？　ブタが殺されたみたいな声を出しやがって。」

「うまくつかまえたな。」王子が直ちにコールブラックのむきを変え、家の片すみへもどってきながら言った。「ユースタス」と、王子。「すまぬが、コールブラックの手綱を押さえていてくれ。」それから王子は、馬からおりて、三人がだまって見つめるなか、沼むっつりがつかまえたこびとを明るいところへ引きずり出した。それは小さなこびとで、九十センチほどの背丈しかなかった。頭のてっぺんには、おんどりのとさかのような(それよりもかたい)でっぱりがあって、小さなピンク色の目をして、口とあごはあまりにも大きくてまんまるだったために、まるで世界三大珍獣のひとつであるコビトカバのような顔に見えた。こんなに緊迫した状況でなければ、その顔を見て、みんなどっと笑ったことだろう。

「さあ、地底人よ。」王子は、その上にまたがるように立って、その首筋に剣の切っ先をつきつけて言った。「正直に話せ。そうすれば、自由にしてやる。悪さをしようものなら、命はないぞ。おい、沼むっつり。そんなふうに口をしっかりと押さえていたら、こいつは口がきけないじゃないか。」

「はいはい。でも、こうしとかないと、嚙(か)みつかれますよ」と、沼むっつり。「あたしの手があなたがた人間みたいに(殿下におかれては、失礼の段お許しを)ふにゃふにゃにやわらかい手をしてたら、今ごろ血だらけになってますよ。だけど、沼人だって、嚙まれるのはごめんですからね。」

「おい、」王子は、地底人に言った。「一口でも嚙んだら、おまえを殺すぞ。口をあけさせてやれ、沼むっつり。」

「おお、ええ、ええ」地底人が、キーキー声を出した。「放して。放してくれ。おいらじゃない。おいらがしたんじゃない。」

「なにをしたって?」と、沼むっつり。

「おいらがしたと、あんたがたが思ってることをさ。」

「名前を言え」と、王子。「おまえたちは、今日、なにをたくらんでいた?」

「ああ、どうか、閣下。どうか、やさしいみなさま」と、こびとは泣きだした。「これから私が話すことを女王陛下に言わないと約束してください。」

「きみが女王陛下と呼んでる人は」と、王子は厳しく言った。「死んだよ。私が殺したんだ。」

「なんですって!」こびとは、おどろきのあまり、ただでさえとんでもなく大きい口をますます大きくあけて、さけんだ。「死んだんですって？　魔女が死んだ？　閣下のその手で？」

こびとは、ほっとして大きなため息をついて、つけくわえた。「それじゃあ、閣下は味方です！」

王子はつきつけていた剣を二、三センチ引っこめた。沼むっつりは、押さえていた手をゆるめ、こびとを地面にすわらせた。こびとは、そのパチクリする赤い目で四人を見まわし、一、二度くつくつと笑ってから、話しはじめた。

第十四章

この世の底

「おいら、名前はゴルグって言います」と、こびとは言った。「みなさんになにもかもお話ししましょう。一時間ほど前、おいらたちは仕事にかかっていました。魔女に命じられた仕事と言うべきでしょう。これまで何年も何年もやってきたように、黙々と悲しく働いてました。そのとき、ドンガラガッシャンと音がしました。それを聞いて、みんなは思ったんです。もうずいぶん長いあいだ、歌も歌わず、踊りもおどらず、花火も見てなかったなあ。なんでだろう？　そして、みんな、気づいたんです。おいらたちは魔法にかけられていたにちがいないって。それから、考えました。なんだってこんな荷物なんか運んでいるんだ、ってね。もう運ぶのはやめよう。やめてやる、ってね。でもって、みんな、袋や包みや道具をほっぽりだしました。ふり返ると、むこうのほうに巨大な赤い光があるのが見えました。だれもが思いましたよ。あれはなんだろう？　そして、だれもがこう答えました。地面に割れ目か裂け目がぱっくり開いて、すてきな温かい光が本当の深淵（しんえん）の国からさしこんでいるんだ。ここから何千メー

トルも下にある国から。」

「なんてこった」と、ユースタスはさけんだ。「まだこの下に国があるの？」

「ええ、ありますとも、閣下」と、ゴルグは言った。「すてきな場所が。ビズム国という国があります。おいらたちが今いるのは魔女の国で、こびとはみんな、ここをうすっぺらの国と呼んでいます。あまりにも地上に近いために、おいらたちには、むいていないんです。うへえ！　これじゃあ、まるで地上そのものに出て暮らしてるようなもんです。おいらたちは、ビズム国から来たあわれなこびとでして、魔女の魔法で呼び出されて、こき使われていたんです。ですが、あの破裂音がして魔法が解けるまで、すっかりそのことを忘れていたんです。自分がだれで、どこから来たのかもわからなくなっていました。魔女がおいらたちの頭に吹きこんだこと以外は、なにもできず、なにも考えられなかったんです。魔女が長年にわたっておいらたちに押しつけたのは陰気で暗いことばかりで、おいらは冗談を言ったり、ジグ踊りをおどったりすることすらできなくなっていました。けれども、あのすごい音がして、大地の割れ目が開いて、海の水があがってきたとき、なにもかも思い出したんです。そしてもちろん、大急ぎで割れ目へ駆けつけ、自分たちの故郷へ帰ろうとしました。花火を打ちあげたり、逆立ちをしてよろこんだりしているのが、ごらんになれるでしょ。どうかおいらを解放して、仲間といっしょに行かせてください。」

「とってもすばらしいわ」と、ジル。「魔女の首を切り落としたとき、あたしたちだけじゃなくて、こびとさんたちも助けられて、ほんとによかったわ！　こびとさんたちがほんとはこわくて暗いひとたちじゃないってわかって、うれしいわ。王子さまがほんとは、その……、見かけとちがっていたように。」

「それはたしかによかったけれどね、ポウルさん」と、沼むっつりが用心深く言った。

「だけど、このこびとたちは、逃げているようには見えなかったよ。あたしに言わせれば、軍隊の隊列を組んでいるように見えたよ。ゴルグさん、ちゃんとあたしの顔を見て、戦争の準備をしていなかったと言えますか？」

「もちろん戦争の準備をしていましたよ、閣下」と、ゴルグは言った。「だって、魔女が死んだなんて知りませんでしたからね。うしろから魔女に見られていると思っていたんです。気づかれないうちにそっとぬけ出そうと思っていました。そしたらあなたたち四人が、馬に乗って剣を抜いてやってきたもんですから、もちろん、みんな、『そうら、敵がおいでなすった』と思ったわけです。みなさまがたが魔女の味方ではないなんて知りませんでしたからね。おいらたちは、ビズム国へ帰る望みをあきらめるぐらいなら、必死に戦う覚悟だったんです。」

「こいつは正直なこびとだ。誓ってもいい」と、王子。「こいつを放してやってくれ、沼むっつり。私について言えば、ゴルグくん、私もきみたちと同じように魔法にかけられて、ようやくまじないが解けたところなんだ。ところで、もうひとつ聞きたいんだが。例の新しく掘った道への行きかたを知っているかい。魔女がそこから軍隊を率いて地上の国へ攻めのぼろうとした道だよ。」

「いー、いーいー」ゴルグはきいきい声で言った。「はい。あのひどい道は知っています。どこからはじまるのか教えてあげましょう。だけど、その道をいっしょに行くのだけはかんべんしてください。死んだほうがましです。」

「どうして？」ユースタスが心配げに聞いた。「なにがそんなにおそろしいの？」

「あんまり地上に近すぎるんです」ゴルグは身ぶるいして言った。「それが、魔女がおいらたちにした最悪のことでした。おいらたちを地上に連れ出そうとしていたんです――世界の外側へ。そこには天井などないという話です。空と呼ばれるおそろしく巨大な虚無があるだけです。どんどん掘り進めて、あと何回かつるはしをふるえば外に出るところまできてしまいました。おいらは、そんなところに近づきたくありません。」

「万歳！　やったぞ！」と、ユースタスがさけんだ。ジルが言った。「でも、外に出るのは、決しておそろしいことではないのよ。あたしたちはそれが好き。そこに住んでいたんですもの。」

「あなたがた地上の国の人たちがそこに住んでいることは知っています」と、ゴルグ。

「でも、それは地中へおりてくる方法を知らないからなのだと思っていました。そんなところが好きなはずがありません。世界のてっぺんでハエのようにはいまわるなんて！」

「すぐにその道を教えてくれませんかね」と、沼むっつり。

「そうしてくれ」と、王子がさけんだ。一同は出発した。王子はふたたび馬に乗り、沼むっつりはジルのうしろにまたがって、ゴルグが先導した。道すがら、「魔女は死んだぞ。この四人の地上人は危険ではないのだ」と、よい知らせを大声で呼ばわった。それを聞いた者たちは、ほかのものに大声で伝えていったので、数分もすると、地下の国じゅうにさけび声や歓声がひびきわたり、何千何百というこびとたちが飛びあったり、側転をしたり、逆立ちをしたり、馬とびをしたり、大きな爆竹を鳴らしたりして、コールブラックとスノーフレイクのまわりに押し寄せた。そこで王子は、自分が魔法にかけられていた話や、救い出された話を、少なくとも十回は話さなければならなかった。

こうして一同は、大地の割れ目のはしへやってきた。長さおよそ三百メートル、幅六十メートルはあろうかという大きな割れ目だ。一同は馬からおりて、はしまで行って、のぞきこんだ。ものすごい熱気が顔にかかり、これまでかいだどんなものともちがうにおいがした。強烈で、するどく、わくわくさせられ、くしゃみが出た。割れ目の底はあまりにまぶしかったので、最初目がくらくらして、なにも見えなかった。だんだん目が慣れてくると、底に火の川が見えたような気がした。川の両岸には、川ほどはまぶしくないが、それでもたえがたいほど熱くギラギラ光る野原や森があるようだった。青、赤、緑、白といった色がごちゃまぜになって見えている。すばらしいステンドグラスの窓に熱帯の真昼の太陽がさしこめば、こんなふうになるかもしれない。その火の光を浴びて、割れ目のごつごつした壁面を這う黒いハエのように見えたのは、岩の壁を伝っておりていく何百という地底人だった。

「みなさまがた」と、ゴルグが言った。(みんながゴルグをふりむいたとき、しばらくは黒い物しか見えなかった。それほどまぶしくて目がおかしくなっていた。)「みなさまがた、ビズムへいらっしゃいませんか? 地上にあるあの冷たい、むき出しの、守られていない国よりもずっとよいところですよ。せめてちょっとだけ、お立ち寄りになりませんか。」

ジルは、そんなことにだれも耳をかたむけるはずがないと思いこんでいたが、おそろしいことに、王子がこういうのが聞こえた。

「なるほどゴルグくん。きみといっしょにおりてみたい気はする。すばらしい冒険だからね。これまでにビズムをのぞいた人間なんていないだろうし、これからもいやしないだろう。それに何年もしてから、大地の奥底を探検することができたのにそれをしなかったと思い出すのはくやしいだろうしね。だが、人間はそこで生きていけるのだろうか。きみたちだって、火の川を泳いだりはしないだろう？」

「しませんよ、閣下。それは無理です。火のなかで生きられるのは、サラマンダーだけです。」

「そのサラマンダーというのは、どんな動物だい？」と、王子はたずねた。

「説明するのはむずかしいです、閣下」と、ゴルグ。「白熱のまぶしさのあまり、見ていられませんからね。だけど、たいていは小さなドラゴンに似ています。火のなかからわれわれに話しかけるんです。おどろくほど口がうまく、頭がよく、弁舌さわやかです。」

ジルは急いでユースタスをちらりと見た。ユースタスなら、ジルよりももっと、この割れ目をすべりおりたがらないだろうと思ったからだ。ところが、ユースタスの顔つきがすっかり変わっているのを見て、ジルはがっかりした。学校にいたころのユースタス・スクラブではなく、まるで王子のような顔つきになっているのだ。カスピアン王と航海に出てさまざまな冒険をしたころのユースタスにもどっていたのだ。

「殿下」と、ユースタスは言った。「かつての友、ネズミのリーピチープがここにいれば、ビズムの冒険をあきらめたりしたら、われらが名誉に大きな傷がつくと言ったことでしょう。」

「下におりたら」と、ゴルグは言った。「本物の金や、本物の銀や、本物のダイヤモンドをお見せしましょう。」

「なに言ってるのよ！」ジルが出しぬけに言った。「今いるところでさえ、人間が掘ったどんな鉱山の穴よりもずっと深いのよ。」

「はい」と、ゴルグ。「あなたがた地上の国の人たちが鉱山と呼んでいる地表の引っかき傷のことは聞きおよんでいます。でもそこでとれるのは、死んだ金、死んだ銀、死んだ宝石です。ビズムでは、そうしたものは生きて成長しています。そこでは、ルビーのふさをめしあがっていただくこともできれば、ダイヤモンドジュースをコップいっぱいにしぼってさしあげることもできます。ビズムの生きた鉱物を味わったあとでは、あなたがたの浅い鉱山でとれる冷たく死んだ宝物などどうでもよくなるでしょう。」

「わが父上は、世界の果てへ旅をした」と、リリアン王子は感慨深げに言った。「その息子がこの世の底へ行ったら、どんなにすばらしいだろう。」

「もし殿下がお父上のご存命中にお父上に会いたいとお考えであれば」と、沼むっつり。「お父上もそれをお望みと思うが、そろそろ地上につながる道へおいでになったほうがようございましょう。」

「それに、だれがなんと言おうと。あたしはその穴をおりませんからね」と、ジルが言いそえた。

「おや、みなさまが本当に地上へもどられると言うならば」と、ゴルグ。「とちゅう、ここよりもかなり低くなっている道がありましてね。ひょっとすると、洪水で水位があがりつづけていたら――」

「ねえ、おねがい。おねがい。おねがいだから、行きましょう！」ジルがたのんだ。

「行かなければならないだろうなあ」王子が深いため息まじりに言った。「ビズムの国が心残りだが。」

「たのむから！」ジルが懇願した。

「道はどこにありますかね。」沼むっつりがたずねた。

「ずっとランプがならんでおります」と、ゴルグ。「割れ目のむこう側に、道がはじまっているのがおわかりになりましょう。」

「ランプの火は、どれぐらい長く燃えつづけますか。」沼むっつりがたずねた。

そのとき、火が出す音のような、シューという焼けつくような声がした。（みんなはあとで、あれはサラマンダーの声だったのではないかと考えた。）ビズムの国の深い底から笛の音のように聞こえている。

「急げ！　急げ！　急げ！　崖へ、崖へ、崖へ！　割れ目が閉じる。閉じる。閉じるのだ。急げ！　急げ！」同時に耳をつんざくようなガラガラという音がして岩が動きだした。見る見るうちに、割れ目がせまくなっていった。あちらこちらから、おくれをとったこびとたちがそのなかに飛びこんでいる。岩肌にしがみついておりるのももどかしく、頭から飛びこんでいく。そこから強烈な熱い空気が吹きあげているせいか、あるいはなにかほかの理由のせいで、こびとたちは葉っぱのようにひらひらと舞いながら落ちていった。舞いおりるこびとたちはどんどん重なるようになって真っ黒になり、火の川も、生きた宝石の森も、見えなくなった。

「みなさま、さようなら。おいらは、まいります。」ゴルグがさけんで、飛びこんだ。あとに残っていたのはほんのわずかの者たちで、みんなつづいて飛びこんだ。割れ目は、今や小川ほどのせまさとなり、それから郵便ポストの差しこみ口ほどのせまさとなり、やがてものすごく明るい糸のように細くなった。すると、一千もの貨車が一千もの車止めにつっこんだような衝撃が走り、岩の割れ目は閉じた。熱い、頭がおかしくなりそうなにおいも消えた。四人は、以前にも増して真っ黒く見える地下の世界に取り残されていた。ぼんやりと陰気な光を放つランプがならんでいて、道の方角を示していた。

「さて」と、沼むっつり。「ここにはもう長居しすぎましたが、やってみるだけ、やってみましょう。あのランプが五分としないうちに消えちまっても、おどろきませんがね。」

みんなは、馬を駈歩(キャンター)で走らせ、ひづめの音をひびかせながら、ほこりっぽい道をさっそうと走った。ところが、道はすぐ下り坂になってきた。ゴルグがまちがった道を教えたのではないかと思いかけたところで、谷の反対側に、見晴らすかぎりずっと上のほうまでランプがつづいているのが見えた。しかし、谷の底には水が一面にひろがり、ランプに照らされて、水位がどんどんあがってきているのがわかった。

「急ごう」と、王子がさけんだ。みんなは坂道を駈(か)けおりた。まるで水車用の流水のように水が谷に流れこんで、水かさが増していたので、たった五分おくれても、おそろしいことになっていたにちがいない。それに、泳ぐとなったら、馬ではむこう側へわたれないだろう。けれども、水はまだ五十センチ程度の深さだったので、馬の足でばしゃばしゃ水をはねちらしながら、一同は無事にむこう側に着いた。

それから、なだらかな、うんざりするのぼり坂がはじまった。前方に見えるのは、どこまでもどこまでもつづいてゆくうす暗いランプだけだ。ふり返ると、水がひろがってきているのがわかった。地下の国の高台はもはや島のようになっていて、ランプが残っているのはその島の上だけだった。刻一刻と遠くの明かりが消えていく。やがて、あたりは真っ暗となり、自分たちがたどっている道しか見えなくなった。背後の低いところでは、まだランプが消えてはいなかったが、照らすのは水ばかりだった。

急がなければならないとは言っても、馬は休みなしで進むことはできない。一同は休みをとった。聞こえてくるのは、ひたひたと打ち寄せる水の音ばかりだ。ジルが言った。

「えっと、なんて言ったっけ、あの、時のおじいさん、あの人も、もう水のなかかしら。あの妙な、眠っていた動物たちもみんな。」

「ぼくらは、そこまで高いところに来ていないよ」と、ユースタス。「太陽のない海に出るまで、どれほどさがっていったか覚えていないかい？　時のおじいさんのほら穴までは、まだ水が来てないと思うよ。」

「そうかもしれません」と、沼むっつり。「あたしは、この道のランプのことがずっと気になっていますね。ちょいと弱々しくありませんか。」

「前からずっとそうよ」と、ジル。

「ええ」と、沼むっつり。「だけど、さっきよりも緑っぽくなっています。」

「消えるなんて言うんじゃないよね？」と、ユースタス。

「どういう仕組みで火が燃えているにせよ、永久に燃えつづけたりはしないでしょう。」沼むっつりは答えた。「でも、がっかりすることはありませんよ、スクラブさん。あたしはさっきから水面を見ているんですが、前ほど速くあがってきてないと思うんです。」

「あまり気休めにはならないよ」と、王子。「ここからぬけ出す道が見つからないかぎりね。申しわけない、みんな。ビズムの国の入り口でみんなを引きとめてしまったのは、私の勝手な思いあがりと気まぐれのせいだ。さあ、先へ進もう。」

そのあと一時間かそこいらのあいだ、ジルは、沼むっつりの言ったとおりランプが消えると心配したり、そんなことは気のせいだと思ったりしつづけた。いっぽう、あたりのようすは変わってきていた。地下の国の天井がかなり低くなってきたので、ぼんやりとした明かりのなかでも天井がくっきりと見えてきた。地下の国のとほうもなく広大なでこぼこの壁も、左右にせばまってきていた。実のところ、この先は、道というより、急な上り坂のトンネルになっていた。あたりには、つるはしやシャベルや手押し車がころがっていて、最近まで掘っていたあとがあった。ここから確実にぬけ出せるというのであれば、こうしたものを見て大いに元気が出るはずだが、どんどんせまくなる穴のなかに入っていき、しかもひき返すのがむずかしいとなれば、あまりいい気持ちはしなかった。

とうとう天井が低くなりすぎて、沼むっつりと王子が頭をぶつけた。一同は、馬からおりて、馬を引いて歩いた。道がでこぼこしていて、足をおろす場所を選びながら歩かなければならない。そのとき、ジルは、あたりがすうっと暗くなったのに気がついた。みんなの顔が、緑色の光のなかでぼうっと不気味に見えた。ジルは（思わず）キャッと悲鳴をあげた。前方にあった明かりがぜんぶ一斉に消えたのだ。うしろの光も消えた。完全な暗闇となってしまった。

「勇気を出せ、諸君」と、リリアン王子の声がした。「われらが生きようが死のうが、アスランがわれらを導いてくださる。」

「そのとおりだ」と、沼むっつりの声。「それに、ここで動けなくなっても、ひとつだけいいことがありますよ。埋葬代がかからなくてすみます。」

ジルはだまっていた。（自分がこわがっていることを人に知られたくなければ、だまっているのがいちばんだ。声を聞かれたら、すぐにばれてしまう。）

「ここでじっとしてるよりは、先に進んだほうがいいよ」と、ユースタスが言った。その声がふるえているのを聞いたとき、ジルはやっぱりだまっていてよかったと思った。

沼むっつりとユースタスは、先に立って、なにかにぶつからないように、両手を前へつき出して進んだ。あとから、ジルと王子が馬を連れていった。

「ねえ」と、ずいぶんしてから、ユースタスの声がした。「ぼくの目、おかしくなったかな。それとも、あそこに明かりがある？」

だれかがそれに答える前に、沼むっつりがさけんだ。

「待った。あたしは、行きどまりにぶつかりましたよ。こいつは土ですね。岩じゃない。なにか言いましたか、スクラブさん？」

「アスランにかけて」と、王子。「ユースタスの言うとおりだ。明かりのようなものが──」

「太陽の光じゃないわ」と、ジル。「冷たい青い光でしかないもの。」

「ないよりはましだよ」と、ユースタス。

「すぐ頭の上にあるわけじゃありません」と、沼むっつり。「上にあるけれど、あたしがぶつかったこの壁のむこうにありますね。ポウルさん、あたしが肩車をしてあげたら、あの光に届きませんかね?」

第十五章　ジルが消えた

その光は、みんなが立っている暗闇を照らしだしてはくれなかった。ジルが沼むっつりの背中に乗ろうとしているようすを、みんなは、見るのではなくて聞いていた。つまり、沼むっつりのこんな声を聞いていたのだ。

「あたしの目に指をつっこまないでください」だの、「あたしの口に足をつっこむのはやめてください」だの、「その調子です」だの、「さあ、あなたの足を押さえますよ。そしたら両手が自由に使えるから、土に手をのばして、体を支えてください」といった声がしていた。

見あげてみると、やがて、ジルの黒い頭の形が光のなかに見えた。

「どう？」みんなは、心配げに大声でたずねた。

「穴だわ」と、ジルの声。「もう少し高くあげてくれたら、なかに入れるんだけど。」

「むこうになにが見える？」と、ユースタス。

「まだよく見えない」と、ジル。「ねえ、沼むっつり。足を放してちょうだい。肩車じゃなくて、あなたの肩に立たせてもらえるかしら。穴のはじにつかまってるから、だいじょうぶよ。」

ジルが動く音が聞こえ、それから灰色の穴をふさぐようにして、ジルのかげが大きく——実際のところ、上半身ぜんぶのかげが——見えていた。

「ねえ！——」ジルはなにか言いかけたが、さけび声をあげたかと思うと、聞こえなくなった。するどいさけび声ではなかった。まるで口がふさがれたか、口になにかを押しこまれたかのような感じだった。

しばらくして、ようやく声が出せるようになったジルは、なにやら声をかぎりにさけんだのだが、みんなには、なんと言っているかわからなかった。そのときふたつのことが同時に起こった。穴がジルのからだですっかりふさがれ、光が一、二秒のあいだ完全にさえぎられて、真っ暗になったのだ。それから、取っ組みあうような、もみあう音がした。沼むっつりが、あえいでさけんだ。

「早く！　助けて！　ポウルさんの足をつかまえて。だれかがポウルさんを引っぱってる！　ほら。そこじゃないよ。もう手おくれだ！」

穴に満ちていた冷たい光が、すっかりもとどおりになった。ジルは消えていた。

「ジル！　ジル！」みんなは大あわてでさけんだが、答えはない。

「どうして足を押さえていなかったんだ？」と、ユースタス。

「わかりません、スクラブさん。」沼むっつりは、うめいた。「あたしは生まれつき、へまばかりするんです。宿命なんです。あたしのせいでポウルさんは死ぬ宿命だったんです。ちょうどハルファングで口をきく鹿を食べる宿命だったように。もちろん、あたしに落ち度がなかったとは言いませんがね。」

「これは、われわれにふりかかった最悪の恥辱であり、悲しみだ」と、王子。「勇敢な女性を敵の手に送りこみ、自分たちは無事でいるなんて。」

「そんなにご自身を責めなくてもいいですよ」と、沼むっつり。「あたしたちだって、あんまり無事じゃありませんよ。この穴で、飢え死にするだろうから。」

「ジルみたいにあの穴を通るには、ぼく、でかすぎるかな?」と、ユースタスが言った。

本当のところ、ジルに起こったのは、つぎのようなことだった。穴から首を出したとき、床のはねぶたをあけて上を見あげるのではなく、まるで二階の窓から外を見おろすみたいに、つき出した首は、高いところにあった。あまりに長いこと暗闇にいたために、最初目がよく見えなかった。ただ、あれほど見たがっていた太陽のかがやく世界にいるのでないことはわかった。空気はひどく冷たく、明かりは青白く、あたりはかなりざわざわしていた。白いものがたくさん空中を舞っている。ジルが下にいる沼むっつりにむかって、肩に立たせてちょうだいとさけんだのは、このときだった。

沼むっつりの肩に立つと、もっとよく見聞きできた。聞こえていた音には二種類あるとわかった。何人かの足がトン、トトンと調子よく地面を踏む音、それから、バイオリン四本に笛三本と太鼓ひとつが奏でている音楽だ。自分がどこにいるのかもはっきりした。ジルが顔を出している穴は、けわしい斜面にあって、その斜面は四メートルほど下にある平らな地面へとつづいていた。なにもかも真っ白だった。地面では大勢の人々が動きまわっている。ジルは、ハッと息を吞んだ。人々というのは、こざっぱりした小さなフォーンたちや、葉っぱの冠で頭を飾り、髪をうしろになびかせているドリュアス〔木の精〕たちだったのだ。最初はただ動いているように見えたが、実は、踊りをおどっているのだとわかった。とてもたくさんのむずかしいステップやふりつけがあって、しばらく見ていないと、わからない。そのとき、雷に打たれたかのように、ジルは気がついた。あの青白い光は実は月明かりで、地表の白いものは雪なのだと。そして、ほら、やっぱり、頭上のいてつくような黒い空には、星々がまたたいていた。踊り手たちの背後にある背の高い黒いものは、木々だった。とうとう地上の世界に出てきただけでなく、なんと、ナルニアのまんまんなかに出てきたのだ。ジルはうれしさのあまり、気が遠くなりそうだった。音楽はとてもすてきで、ほんの少しだけ不気味で野性的だった。魔女がポロンポロンと奏でた音楽が悪い魔法に満ちていたのとは対照的によい魔法がいっぱいつまっている音楽だったので、ジルはなおさらうれしく感じた。

こうしたことを説明するると時間がかかるが、ジルには、パッとわかった。ジルは、すぐさま下のみんなにむかってさけぼうとした。「ねえ！　だいじょうぶよ。出られたのよ。帰ってきたのよ」と。ところが最初の「ねえ！」から先を言えなかった理由は、こうだった。ぐるぐるまわっている踊り手たちの輪のなかに、着飾ったこびとたちの輪があった。たいていは毛皮のふち飾りと金色のポンポンのついた赤いフードをかぶり、大きな毛皮のブーツをはいていた。ぐるぐるまわりながら、せっせと雪の玉を投げあっている。（ジルが見た空中を飛ぶ白いものとは、これだったのだ。）イングランドでいたずらっ子たちがするように、踊り手たちをめがけて投げつけるのではなくて、音楽にぴったり合わせて正確なねらいをつけて投げあっていたので、踊り手たちが踊りに合わせて正しい場所にいたら、だれにもぶつからないのである。これは大雪踊りと呼ばれるもので、ナルニアでは雪がつもった最初の月の夜に毎年踊られていた。もちろん、踊りであると同時にゲームのようなものでもあり、少しでも踊りをまちがえた踊り手は顔に雪つぶてを受けてしまい、みんなに笑われるのだ。じょうずな踊り手とこびとと音楽家のチームであれば、一回も雪つぶてに当たらずに何時間も踊りつづけることができる。月のきれいな寒い夜、太鼓のひびきやフクロウの鳴き声に野性の血がかきたてられると、森びとたちは朝になるまで踊りつづけるという。みなさんも自分の目で見ることができたらよかったのだが。

ジルが「ねえ！」と呼びかけたときにその口をふさいだのは、もちろん、この雪つぶてだった。むこう側のこびとが投げた、とりわけ大きな雪つぶてが、踊りの輪をぬけてジルの口に、パカッと、はまってしまったのだ。ジルは、ちっとも気にしなかった。そのとき、たとえ二十個の雪つぶてをぶつけられても、しょげたりはしなかっただろう。けれども、どんなにうれしくても、口が雪でいっぱいでは話すことはできない。そして、かなりモゴモゴとやったあとで、ようやく口がきけるようになると、興奮のあまり、あとにしてきた暗闇のなかの友だちのことをすっかり忘れてしまった。みんなはこのよい知らせをまだ知らなかったのに。ジルはできるかぎり穴から身を乗り出して、踊り手たちにさけんだ。

「助けて！　助けて！　あたしたち、うめられてたの。ここに来て、引きずりあげてちょうだい。」

それまで斜面に小さな穴があることに気づいてさえいなかったナルニア人たちは、もちろんとてもおどろいて、声はどこから聞こえるのかとキョロキョロとあたりを見まわした。そして、ジルを見つけると、みんなどっと駆けよってきて、斜面をよじのぼり、十数本の手がさしのべられてジルを助け出そうとした。ジルは、その手をつかんで穴から出て、頭から先にずるずると斜面をすべり落ち、それから身を起こして言った。

「ああ。ほかの人たちも出してあげてちょうだい。まだ三人いるの。それから馬も。ひとりは、リリアン王子よ。」

そう言ったとき、ジルのまわりには、すでにひとだかりができていた。ジルは最初気がつかなかったが、踊り手のほかに、踊りを見守っていたひとたちもいて、全員駈けよってきたのだ。リスたちがバラバラと木からおりてきて、フクロウたちも飛んできた。ハリネズミは、その小さな足で懸命にシャカシャカと歩いてきた。クマやアナグマたちは、のっそりとやってきた。大きなヒョウは、興奮してしっぽをくねらせながら、最後にやってきた。

そして、ジルの言っていることを理解したとたん、みんなが働きはじめた。

「つるはしとシャベルだ。みんな。つるはしとシャベルだ。道具をとってこい！」と、こびとたちが言い、全速力で森のなかへ走っていった。「モグラたちを起こせ。土を掘るのはやつらの仕事だ。こびとたちに負けないぞ」という声もした。「リリアン王子がなんだって？」と、別の声。「静かに！」と、ヒョウ。「かわいそうに、あの子は頭がおかしいんだ。山のなかで、まいごになったんだからしょうがないよ。自分でなにを言ってるかわかっていないんだ。」

「そうだな」と、年をとったクマが言った。「だって、リリアン王子が馬だって言ってたよ！」

「言ってないよ」と、リスがとても生意気に言った。

「言ったよ。」別のリスが、もっと生意気な口をきいた。

「ほ、ほ、ほんとなのよ。ば、ば、ばかなこと言わないで」ジルは、寒くて歯をガタガタさせながら言った。

すぐさま、ドリュアスのひとりが、毛皮のマントをジルにかけてくれた。こびとが駆けだしていったときに落としていったものだ。親切なフォーンは、木々のあいだを駆けぬけて、ほら穴の入り口に見えるたき火から、熱い飲み物を持ってきてくれた。飲み物が届く前に、こびとたちは、シャベルやつるはしを持って帰ってきて、斜面を掘りはじめた。すると、「おい！　なにをするんだ。その剣を置け」とか、「さ、ぼっちゃん。やめなさい。」とか、「こいつは手に負えないやつだな」といった声が聞こえてきた。ジルは、大急ぎでその場所へ駆けつけた。よごれた顔を真っ青にしたユースタスが、穴の暗闇から顔を出して、右手で剣をふりまわして、そばに来る者をだれかれかまわずつっつこうとしていたのだ。それを見て、ジルには、笑っていいものやら泣いていいものやらわからなかった。

もちろんユースタスは、この数分間、ジルとはまったくちがう経験をしていた。ジルがさけび声をあげて、どこかへ消えてしまったとき、王子や沼むっつりが思ったように、ジルが敵につかまったのだと思ったのだ。それに、下にいたのでは、あのぼんやりとした青い光が月明かりだとはわからない。穴がどこか、気味悪くボーッと光を発している別のほら穴へとつづいているだけのことで、そのほら穴にはわけのわからない邪悪な地下の生き物がごちゃごちゃいると思ったのだ。だから、沼むっつりに肩車をしてもらって、剣を抜いて穴から顔を出したとき、ユースタスは実は勇敢なことをしていたのである。ほかのふたりも、できればそうしたかったが、穴は、そのふたりが通るには小さすぎた。ユースタスは、ジルほど小さくもなく、器用でもなかったので、穴から顔を出すとき頭をひどくぶつけて、ドッとなだれ落ちてきた雪を顔に浴びてしまった。ふたたび目が見えるようになると、何十人ものひとがすごい勢いで押し寄せてきたので、剣をふりまわして払いのけようとしたのも無理はなかった。

「やめて、ユースタス、やめて。」ジルがさけんだ。「仲間なのよ、みんな。わからないの？　あたしたち、ナルニアに出てきたのよ。なにもかも、もうだいじょうぶ。」ユースタスはそうとわかると、こびとたちにあやまった。（こびとたちは、許してくれた。）それから、何十もの、こびとたちの太い毛だらけの手が、さっきジルを助け出したように、ユースタスも助け出した。そのあとで、ジルは斜面をよじのぼって、穴の暗い入り口に頭をつっこんで、下にいる仲間に、よい知らせをさけんだ。けれども、ジルが頭を引っこめたとたん、沼むっつりのつぶやくのが聞こえた。「ああ、かわいそうなポウルさん。さっきの衝撃にたえきれなかったんだろうなぁ。頭がおかしくなっちまったよ。幻覚を見るようになった。」

ジルは、ユースタスのところにもどって、両手をとりあってよろこび、自由な真夜中の空気を思いっきり吸いこんだ。温かいマントがユースタスのために運ばれ、温かい飲み物がふたりに手わたされた。それをすすっているあいだに、こびとたちは、穴のまわりの斜面から雪や草を取りのぞき、つるはしとシャベルで、陽気に掘りはじめた。十分前にフォーンやドリュアスたちが踊っていたときの足どりと同じぐらいの陽気さだった。たった十分前のことだったのだ。ジルとユースタスが暗くて暑くて息もつけない地下にいたのは！　だが、そんなおそろしいできごとは、みな夢だったのではないかと、ジルたちは思いはじめていた。ここでは、ひんやりした空気のなかに月がかがやき、頭上に大きな星々がまたたいていた。（ナルニアの星は、人間の世界の星よりも、ずっと近いところにある。）しかも親切で楽しげなひとたちにかこまれていると、地下の国など存在しないように思われてならなかった。

熱い飲み物を飲みおわる前に、起こされたばかりでまだとても眠たげな十数匹のモグラたちが、不機嫌そうにやってきた。ところが、事情がわかるとすぐに、よろこんで仕事にかかってくれた。フォーンたちでさえ、小さな手押し車で土を運びだして役に立ってくれた。リスたちは、大いに興奮して行ったり来たりして、とびはねて踊ったが、リスがなんのつもりでそうしているのか、よくわからなかった。クマやフクロウたちは口を出すばかりで手伝いはしなかったが、子どもたちに、ほら穴のなかに入って、温まって食事をしませんかと何度もたずねた。（ほら穴とは、ジルがさっき、たき火を見たところだ。）しかし、子どもたちは、仲間が自由になるのを見るまでは、その場を離れようとしなかった。

掘る仕事では、こびとと、ものを言うモグラほどじょうずな者はいない。もちろん、こびともモグラも、これを仕事とは思っていなかった。掘るのが大好きなのだ。だから、丘の斜面に大きな黒い穴があくのは、あっという間だった。その暗い穴から月明かりのなかへ出てきたのは――それがだれなのか知らないと、かなりこわい感じがしただろうが――まず、ひょろ長い手足をして、とんがり帽子をかぶった沼むっつりだった。それから大きな馬を二頭引き連れたリリアン王子その人が、ぬっと出てきた。

沼むっつりが出てきたとき、あちらこちらから声がかかった。「やあ、沼人だ――おいおい、なつかしい沼むっつりじゃないか――東の沼の沼むっつりだよ――今までどうしていたんだ、沼むっつり？――おまえさんをさがしに、捜索隊が出ていたんだぞ――トランプキン閣下があちこちに張り紙をしたのさ――賞金がかかってたんだぜ！」けれども、そうした声がふっとしなくなり、しんと静まり返った。やかましい寮で校長先生がドアをあけたときのように、がやがやいう音がすっと消えたのだ。というのも、そこに王子が立っていたからだ。

それがだれであるか、一瞬たりとも、疑う者はいなかった。大勢の獣や、ドリュアスや、こびとや、フォーンたちが、魔法にかかる前の王子のことを覚えていた。なかには、王子の父親のカスピアン王の若いころを覚えていて、そっくりだと思う年寄りたちもいた。そうでなくとも、王子だとわかったことだろう。深淵（しんえん）の国に長く幽閉されていたために顔色は青白く、服は黒くよごれて、髪はぼさぼさで、やつれてはいたものの、その顔つきとようすを見れば、王子であることは、だれの目にもはっきりしていたからだ。アスランの意思によって、ケア・パラベルにある最大の王ピーターの玉座についてきたナルニアの歴代の王たちの顔にそなわった王らしさが、リリアンにはあった。みんなはさっと帽子をぬぎ、片ひざをついて、おじぎをした。一瞬あとに、ものすごい歓声とさけび声があがり、みんな大よろこびではねまわって、握手をしたり、キスをしたり、抱きあったりしたものだから、ジルの目に涙が浮かんだ。がんばって王子をさがしたかいがあったというものだ。

「どうか、殿下」と、最年長のこびとが言った。「あちらのほら穴に夕食の準備がございます。雪踊りのあとの食事のつもりでしたが――」

「ありがとう、おやじさん」と、王子。「どんな王子も、騎士も、紳士も、あるいはクマといえども、今晩のわれら四人ほど、食欲が旺盛な者はおるまい。」

全員が木々のあいだをぬけて、ほら穴のほうへとむかいはじめた。ジルは、沼むっつりが周囲につめかけた者たちにこう言ってるのを耳にした。「いやいや、あたしの話なんて、あとまわしでいいんです。あたしに起こったことなんてお話しする価値はありませんよ。それより、そっちのようすを聞かせてください。少しずつ教えるなんてことをしないで、なにもかもいっぺんに教えてください。王さまは遭難なさったのかね？　山火事はあったかい？　カロールメン国との境界で戦争はなかったかい？ドラゴンが何頭か出たんじゃないか？」すると、みんなは大笑いして言った。「これでこそ、沼人らしいってもんだな。」

ふたりの子どもたちは、疲労と空腹のために倒れそうだったが、ほら穴が暖かかったうえに、まるで農家の台所のようなようすを見て、少し生き返った。壁にも、食器棚にも、カップにも、皿にも、すべすべの床の石の上にも、火の明かりがちらちらとかがやいている。それでも、夕食の支度がなされているうちに、ふたりはぐっすりと眠ってしまった。ふたりが寝ているあいだに、リリアン王子が、年長でかしこい動物たちやこびとたちを相手に、これまでの冒険のすべてを語って聞かせた。そして今や、どういうことがあったのか、だれもが理解したのだ。つまり、悪い魔女がなにもかもたくらんでいたのだ。（ずっと昔に、ナルニアにものすごく長い冬をもたらしたあの白の魔女の仲間にちがいない。）魔女は、まずリリアン王子の母親を殺し、王子その人に魔法をかけた。魔女はナルニアの地下を掘り進み、王子を使ってナルニアに攻撃を仕掛けて支配しようとしていたのだ。魔女がリリアン王子を王（王といっても名ばかりのもので、実際は魔女の奴隷）にしようとしていたその国こそ王子のふるさとであるとは、王子は夢にも思っていなかった。そして、子どもたちの話からわかったのは、魔女はハルファングの巨人たちと同盟を結んでいたということだ。

「そして、殿下、この教訓は」と、最年長のこびとが言った。「北の地にいる魔女たちは、時代がちがえばやりかたはちがうものの、いつも似たようなことをたくらんでおるということです。」

第十六章
傷の癒し

あくる日の朝、ジルは目をさまして、ほら穴にいるのがわかると、一瞬、また地下の世界に逆もどりしたのではないかと思ってぞっとした。だが、よく見れば、自分が寝ているのはヒースのベッドだし、毛皮のマントをかけてもらっているうえ、石造りの暖炉では火が（ついたばかりのように）楽しげにパチパチと燃えていて、少し先にあるほら穴の口からは朝日がさしこんでいるのに気づくと、ゆうべのうれしいできごとをすっかり思い出した。ゆうべは、みんなでこのほら穴で肩を寄せあって、おいしい夕食をいただいたのだった。食事の準備中に眠っていた子どもたちも起こされて食べたが、あまりにも眠くて、食事がすっかりおわらぬうちにまた眠ってしまったのだ。ジルは、こびとたちが身長よりもずっと大きなフライパンを持って暖炉のまわりに集まっているようすをぼんやりと覚えていた。ジュウジュウと焼けるソーセージのおいしそうなにおいがして、食べても食べてもソーセージがつぎつぎに出てくるのだ。それもパン粉や大豆が半分つまったなさけないソーセージではなくて、からしをきかせ

た、太くて熱々の、皮が張り裂けてほんの少しだけこげめがついている本物のソーセージだった。それから大きなコップに泡のたったチョコレートドリンク、ローストポテト、焼き栗、芯をくり抜いてレーズンをつめた焼きりんごが出てきて、そうした温かい食べ物のあとの口直しに、アイスクリームも出てきたのだった。

ジルは、ベッドから体を起こして、まわりを見まわした。沼むっつりとユースタスが、それほど遠くないところでぐっすり眠っていた。

「おはよう、おふたりさん！」ジルは、大声で呼びかけた。「二度と起きないつもり？」

「静かに！　静かに！」上のほうから、眠たげな声がした。

「今はゆっくりするときだよ。ぐっすり眠りなさい、グーグー。さわいだりするもんじゃない。ホー、ホー。」

「あら、グリムフェザーね？」ジルは、ほら穴の片すみにある大きな古時計のてっぺんにとまっている、白いふさふさの羽のかたまりを見あげて言った。

「そーそー」と、フクロウは鳴き、その翼の下から顔を出して、片目をあけて言った。

「夜中の二時ごろ、王子さまにメッセージを伝えに来たのさ。王子さまは、リスたちからよい知らせを聞いたもんだからね。王子さまへのメッセージ。王子さまは、もうお出かけになったよ。あんたたちもついていかなきゃ。ごきげんよう。」それからまた、首はかくれてしまった。

フクロウからそれ以上の話は聞けそうもなかったので、ジルは立ちあがって、「どこかで顔を洗って朝ごはんをいただけないかしら」と思いながら、あたりを見まわした。ところが、そのとたん、小さなフォーンがほら穴へ駈けこんできて、石の床をそのヤギのようなひづめで、カチカチと踏み鳴らした。

「ああ！　とうとうお目ざめですね、イブの娘さん」と、フォーン。「アダムの息子さんを起こしたほうがいいですよ。すぐに出発ですからね。二頭のケンタウロスがとても親切にもケア・パラベルまで背中に乗せてくれるって言っています。」フォーンは、声を落として、つけくわえた。「もちろん、ケンタウロスに乗れるなんて、ものすごく特別で、聞いたこともない名誉だということはおわかりですね。そんなの、いまだかつて、だれひとり、やってもらったことがないですよ。ケンタウロスを待たせちゃいけません。」

ユースタスと沼むっつりは、起こされると、「王子はどこなの？」とまずたずねた。

「王子さまは、ケア・パラベルへ、お父上の国王陛下に会いにお出かけになりました。」オーランズという名前のそのフォーンは答えた。「国王陛下の船がもう今にも波止場に着くはずです。陛下は遠くまで船でお出になる前にアスランにお会いになったようで――夢のなかか、実際に面とむかってお会いになったのかはわかりませんが―

ーアスランは国王をナルニアにおもどしになり、『ナルニアに着いたときに、長く失われていた息子が待っている』と告げたのです。」

ユースタスはもう起きあがっていて、ジルといっしょにオーランズの手伝いをして朝食の用意をした。沼むっつりは、ベッドに寝ているように言われた。沼むっつりのやけどした足の手当てのために、クラウドバースと呼ばれる治療士として有名なケンタウロス（オーランズは「リーチ」と呼んでいたが）が来るというのだ。

「ほう！」と、沼むっつりは、満足げな調子で言った。「あたしの足をひざから切り落とすんだろうな、きっと。まあ、見てればわかるさ。」そう言いながらも、沼むっつりは、かなりうれしそうにベッドに寝ていた。

朝食は、スクランブルエッグとトーストで、ユースタスはまるで真夜中にたっぷり夕食を食べなかったかのように、がっついた。

「あのう、アダムの息子さん」と、ユースタスが口いっぱいにほおばるようすを、びっくりして見守っていたフォーンが言った。「そんなにあわてて食べなくてもだいじょうぶですよ。ケンタウロスはまだ朝ごはんを食べおわっていないと思いますから。」

「じゃあ、かなり寝ぼうしたんだね」と、ユースタス。「もう十時すぎだろ？」

「いえいえ」と、オーランズは言った。「あの人たちは、日の出前から起きてますよ。」

「じゃあ、朝ごはんまでずいぶん長いあいだ待ってたんだね」と、ユースタス。

「それもちがいます」と、オーランズ。「目がさめたとたんに食べはじめました。」

「たまげたな！」と、ユースタス。「そんなにたくさん食べるの、朝ごはん？」

「アダムの息子さん、おわかりになりませんか？　ケンタウロスには人間の胃袋と馬の胃袋とがあって、もちろんどちらにも朝食が必要なんです。ですから、まず、おかゆとパベンダーとキドニーとベーコンとオムレツと冷製ハムとマーマレードつきのトーストを食べ、コーヒーとビールを飲みます。そのあとで、一時間ばかり草を食んで馬のおなかを満足させるんです。そして、熱いふすまがゆと、オーツ麦と、ひと袋の砂糖を食べます。だから、ケンタウロスに週末泊まっていらっしゃいなんて、さそえないんです。たいへんなことになりますからね。」

　そのとき、ひづめがほら穴の入り口の岩をコッコッとたたく音がしたので、子どもたちは顔をあげた。そこには、ケンタウロスが二頭、子どもたちを待っていた。りっぱなむきだしの胸の前に、一頭は黒いひげを、もう一頭は金色のひげをたらして、ほら穴のなかをのぞきこむようにして頭をさげていた。子どもたちはしゃんとして、急いで食事をすませた。ケンタウロスを見たら、ふざけたりはできない。星うらないに通じ、古代の知恵をいっぱいもっているケンタウロスたちは、おごそかでどうどうとしており、めったに笑ったり怒ったりしないが、怒るとなると津波のようにおそろしいのだ。

「さようなら、沼むっつりさん」と、ジルは、沼人のベッドのほうへ行きながら言った。「あなたをつまらないやつだなんて言って、ごめんなさい。」

「ぼくもだ」と、ユースタス。「きみは、世界一の親友だよ。」

「また、お会いできるといいんだけど」と、ジル。

「まあ、無理でしょうね」と、沼むっつりは答えた。「あたしのなつかしいテントにも、二度と、お目にかかれますまい。それにあの王子——いいやつですが——あの人、がんじょうだと思いますか。地下で暮らしてるうちに、体がおかしくなっちまったんじゃありませんかねえ。いつ死んでもおかしくないように見えますがね。」

「沼むっつりったら！」と、ジル。「あんたって、ほんと、大ウソつきだわ。葬式みたいに暗そうなこと言って、ほんとはものすごくハッピーなのよ。なにもかもこわがっているような口をきくけど、ほんとはものすごく、ライオンみたいに勇敢なのよ。」

「葬式と言えば——」と、沼むっつりは言いはじめたが、ジルは、自分のうしろでケンタウロスたちがひづめでコツコツと地面をたたいているのを聞いて、沼むっつりの細い首に腕をまわしてだきつき、その泥色の顔にキスをした。沼むっつりは大いにびっくりした。ユースタスも沼むっつりの手をぎゅっとにぎった。それから、ふたりはケンタウロスのところへパッと走りさり、沼むっつりはベッドにどっしりと腰かけながら、ひとりごとを言った。

「まあ、あの子があんなことをするなんて、夢にも思わなかったよ。いくらあたしが男前だからといってもねぇ。」

ケンタウロスに乗るというのは、もちろん、すごく名誉なことだ。（ジルとユースタスを別にすれば、そんなことをさせてもらったのは、今のこの世界でだれひとりいないだろう。）けれども、乗り心地は最悪だ。自分の命をたいせつに思う人は、ケンタウロスに鞍を置こうなどと考えもしないだろうし、鞍なしで乗るのもたいへんなのだ。ユースタスのように、馬の乗りかたを教わったことがなければ、なおさらだ。ふたりを乗せたケンタウロスたちは、とても礼儀正しく、優雅で重々しく、ふたりを大人のようにあつかってくれた。ナルニアの森をゆっくりと駈けながら、頭をうしろにむけることなく、ハーブや根っこの効能だの、星々の影響だの、アスランの九つの名前とその意味といったようなことをいろいろ教えてくれた。どんなにおしりがいたくて、ゆれてたいへんであっても、ふたりは、この旅をもう一度できるなら、なにを手放してもいいと思った。ゆうべの雪におおわれた葉っぱや斜面がきらめいているのを目にし、ウサギやリスや小鳥たちにおはようと挨拶され、ナルニアの空気をふたたび吸って、ナルニアの木々の声をもう一度聞けるなら――なんてすてきなことだろう。

ふたりは、冬の日ざしのなかで明るく青く流れる川のところまでやってきた。最後の橋（居心地のいい赤い屋根のならぶ小さなベルーナの町のそばにある橋）よりもずっと下流だ。そこで船頭のあやつる平たいはしけに乗って、川をわたった。船頭といえば沼人だ。ナルニアでは水や魚に関する仕事を受けもつのは沼人なのだ。その川をわたると、川の南岸に沿って走り、やがてケア・パラベルに着いた。ちょうど到着したとき、ナルニアに最初に足を踏み入れたときに目にしたのと同じ、あのあざやかな色の船が、大きな鳥のように、川にすうっと入ってくるのが見えた。宮廷じゅうの人たちが、カスピアン王をお迎えしようと、城と波止場のあいだの広場にふたたび集まっていた。リリアン王子は、黒服をぬぎ、銀の鎖帷子の上に赤いマントをはおって、父である王を迎えようと、水際に立っていた。王に敬意を払って、帽子はぬいでいる。そばには、こびとのトランプキンが、ロバに引かせた小さな車椅子にすわっていた。子どもたちは、このひとごみでは王子のところまで行けないと思ったし、それに、そんなに前に出るのははずかしい気もした。そこで、ふたりは今しばらくケンタウロスの背中に乗せてもらったままで、宮廷人たちの頭越しに見物してもいいかとたずねた。ケンタウロスたちは、そうしてよいと言ってくれた。

銀のトランペットのファンファーレが、船の甲板から水面を越えてひびいてきた。

船乗りたちがロープを投げた。ネズミたち（もちろん、口をきくネズミだ）と沼人たちが、ロープをしっかりと岸に結び、船をたぐり寄せた。群衆のどこかにかくれていた楽隊が、おごそかに凱旋曲を演奏しはじめた。やがて、王のガレオン船が横づけされると、ネズミたちは、タラップを駈けあがって、船に乗りこんだ。

ジルは、そこから年老いた王さまがおりていらっしゃるのだと思っていた。けれども、なにかよくないことがあったようだ。青い顔をした貴族が船からおりてきて、王子とトランプキンの前にひざまずいた。三人はしばらく顔を寄せあって話をしていたが、なにを言っているかは聞こえない。楽隊は演奏をつづけたが、人々がおちつかなくなってきているのはわかった。それから、四人の騎士たちが、とてもゆっくりと、なにかを運びながら甲板に現れた。そのままタラップをおりてきたとき、運ばれているものが見えていた。それはベッドで、とても顔色が悪い老いた王が、身動きせずに寝ていらっしゃる。岸に着くと、四人はベッドをおろした。王子は、そのそばにひざまずき、王を抱きしめた。カスピアン王が手をあげて、息子を祝福するのが見えた。みんなは歓声をあげたが、ようすがおかしいと思ったので、心からの歓声ではなかった。それから、ふいに王の頭がまくらの上に落ち、楽隊は演奏をやめ、しーんと沈黙がひろがった。王子は、王のそばにひざまずいたまま、ベッドにつっぷして泣いた。人々は、

みんなは、ささやきあったり、行ったり来たりしていた。人々は、帽子や、ヘルメ

ットや、フードを頭からとっており、ユースタスもそうした。やがて、城の上のほうでガサゴソ、パタパタという音がした。見あげると、金色のライオンの絵が描かれた大きな旗が、半旗（悲しみを示すために旗をとちゅうまでさげること）にされているところだった。それからふたたび音楽が演奏されたが、なげきの弦とやるせない角笛がゆっくりと無情にひびき、胸が張り裂けそうなメロディーだった。

ふたりとも、ケンタウロスの背中からさっとおりた。（ケンタウロスは、そんなことは気にしなかった。）

「あたし、おうちに帰りたい」と、ジルが言った。

ユースタスがうなずき、なにも言わず、くちびるをぎゅっと噛んだ。

「私だ。」うしろで低い声がした。ふり返ると、そこにはアスランがいた。本物のアスランだ。あまりにまぶしく、力強かったので、ほかのなにもかもが、かげのようにうすらいで見えた。

ジルは、息をつく間もなく、今亡くなったナルニアの王のことを忘れて、代わりにユースタスを崖から落としてしまったことや、ほとんどすべてのしるしをだめにしかかったこと、言い争いや口げんかをしてしまったことを思い出した。ジルは「ごめんなさい」と言いたかったが、言葉が出てこなかった。それからアスランは、近くに来るように目くばせをし、体をかがめて、ふたりの青白い顔に舌でふれた。

「そのことはもう考えなくていい。私はいつもしかってばかりいるわけではない。きみたちは、私が命じたナルニアでの任務を果たしたのだ。」

「どうか、アスラン」と、ジルは言った。「もうおうちに帰ってもいいですか？」

「よろしい。きみたちを家へ連れ帰るために、私は来たのだ。」

アスランは、口を大きくあけて息を吹きかけた。だが、こんどは、空中を飛ぶような感じはなかった。ふたりは同じところにとまったままで、アスランの荒々しい息が吹き飛ばしたのは、船や、亡くなられた国王や、城や、雪や、冬空だった。そうしたものが、うずを巻くようにして空中に消えていき、気づいてみれば、ふたりは真夏のまぶしい日ざしのなか、美しい新鮮な小川の近くのきれいな芝生の上に立っていたのだった。まわりには大きな木々が生えている。ふたりはもどってきていたのだ、アスランの山の上に。ナルニアのある世界の果ての、さらにむこうにあるあの高い山の上に。けれども、不思議だったのは、カスピアン王の葬儀の音楽が、どこから聞こえてくるのかわからないのだが、まだつづいていたことだ。ふたりは、アスランのあとについて、小川のそばを歩いていった。アスランはあまりにも美しく、音楽はあまりにもせつなく、ジルには、自分の目が涙であふれているのはどちらのせいなのかわからなかった。

それから、アスランは立ちどまった。子どもたちは川のなかをのぞきこんだ。そこには川底の金色の砂利の上に、カスピアン王が死んで横たわっており、その上をガラスのように澄んだ水が流れていた。王の長い白いひげが、流れのなかで、水草のようにゆれていた。三人はそこに立ったまま、涙を流した。アスランさえも泣いていた。偉大なライオンの涙のしずくは、地球そのものがひとつのダイヤモンドだったとしても、それよりもはるかに尊いものだった。ジルは、泣いているユースタスが、子どものようではなく、泣いているのをかくそうともせず、男泣きをしている大人のように見えることに気がついた。少なくとも、ジルにはそう見えたのだ。実のところ、あとでジルが言ったように、アスランの山ではどんな人も年齢など関係なくなるのだった。

「アダムの息子よ」と、アスランが言った。「あのしげみに入り、そこで、とげを見つけて、ここに持ってきなさい。」

ユースタスは、そのとおりにした。とげは三十センチほどの長さで、細身の剣のようにするどいものだった。

「それを私の前足に刺しなさい、アダムの息子よ」と、アスランは、右の前足をさし出して、その大きな肉球をユースタスにむけてひろげた。

「刺すのですか？」と、ユースタス。

「そうだ」と、アスラン。

そこでユースタスは、歯を食いしばって、ライオンの肉球にとげを刺した。そこから大きな血のしずくが一滴にじみ出た。それは、これまで見たこともなければ想像もつかないほど、どんな赤よりも赤い色だった。そのしずくは、川に落ちて、王の遺体の上にひろがった。同時に、悲しげな音楽がやんだ。カスピアン王の遺体はみるみる変わっていった。白いひげが灰色となり、灰色が黄色となり、ひげはどんどん短くなり、すっかり消えてしまった。落ちくぼんだほおは、ふくらんで生き生きとし、しわがなくなって、つややかになり、目が開き、目と口が同時に笑い、王は突然飛び起きて、ふたりの前に立った。とても若い青年、あるいは少年だ。（ジルには青年なのか少年なのかわからなかった。アスランの国では年齢がなくなるからだ。もちろんこの世界でも最も子どもっぽいのは最もおろかな子どもであり、最も大人じみているのは最もおろかな大人だ。）カスピアン王はアスランへ駈けより、その大きな首にまわせるかぎり腕をまわして抱きついた。そして王としての強いキスをアスランにし、アスランはライオンとしての激しいキスをカスピアンにした。

最後にカスピアンは、子どもたちのほうをふり返ると、おどろいたよろこびの笑い声をあげた。

「なんと、ユースタスじゃないか！」と、カスピアンは言った。「ユースタス！じゃあ、やっぱり世界の果てに着いたんだね。きみが海蛇に打ちかかってぼろぼろにした、ぼくの二番めによい剣はどうした？」

ユースタスは両手をさし出して、一歩近づいたが、少しまごついた表情を浮かべて、あとずさりした。

「あのぅ。そのう。」ユースタスは口ごもった。「また会えてうれしいんだけど、でも、きみって――きみはたしかに――？」

「おい、あんまりおかしなことを言うなよ」と、カスピアン。

「でも」と、ユースタスは、アスランを見た。「この人は――そのぅ――死んだんでしょ？」

「そのとおりだ。」ライオンは、とても静かな声で言った。（ジルには、笑っているかのように思えた。）「死んだ。たいていの人はそうなのだよ。私もそうだ。まだ死んでいない人はとても少ない。」

「ああ」と、カスピアン。「なにが気になっているのかわかったよ。ぼくが幽霊か、そういうおかしなものかと思ったんだろう。だけど、わからないかい？　今ぼくがナルニアに姿を現したら、幽霊ということになるだろう。ぼくはもうナルニアの人間じゃないからね。でも、自分の国にいるんだから、幽霊ということにはならない。きみたちの世界に入りこんだら、幽霊ということになるかもしれないけどね。わからないけど。だが、きみたちがここにいるということは、きみたちはこの世界の人間になったのかな。」

子どもたちの心に大きな希望がわきあがった。けれども、アスランは、そのふさふさとした首をふった。

「そうではない、わが子たちよ。きみたちが私にここでふたたび会うとき、それはここに永遠にとどまるときだ。しかし、それは今ではない。しばらくのあいだは、自分の世界にもどらなければならない。」

「アスラン」と、カスピアン。「ぼくは、いつも人間界をほんの少しのぞいてみたいと思っていた。それはいけないことだろうか。」

「わが子よ、いったん死んでしまった今となって、いけないことなどなにもありはしない。人間界を見せてやろう。人間の時間で五分間だけ。そこで物事を正すには、五分もあればじゅうぶんだ。」それからアスランは、ジルとユースタスがこれからもどる場所のことや、実験校のことなどをカスピアンに説明した。アスランは、子どもたちと同じぐらいくわしく知っているようだった。

「娘よ」と、アスランはジルに言った。「あのしげみから小枝をつみなさい。」

ジルは、そうした。小枝を手にしたとたん、それはすてきな新しい乗馬用の鞭(むち)になった。

「さあ、アダムの息子たちよ、剣を抜きなさい。」アスランは言った。「しかし、使うのは剣の平のみだ。これからきみたちが相手にするのは、戦士ではなく、臆病者(おくびょうもの)どもと子どもたちだからだ。」

「アスラン、あなたもいっしょに来てくれるの？」ジルは言った。

「私は、この背中を見せるだけだ」と、アスラン。

アスランは、子どもたちを乗せて、森のなかをすばやくぬけていった。それほど行かないうちに、実験校の塀が見えてきた。そのとき、アスランが大声で吼えた。すると、空の太陽がゆれ、塀が十メートル近くにわたってくずれた。その塀のすきまから、学校の植えこみをのぞいてみると、体育館の屋根が見え、冒険がはじまる前にふたりが見ていたのと同じ、どんよりとした秋の空が見えた。アスランは、ジルとユースタスをふり返り、ふたりに息を吹きかけ、ふたりの額に舌でふれた。それから塀のあいだにできた裂け目に身を横たえ、その黄金の背中をイングランドにむけ、どうどうたる顔をアスランの国のほうへむけた。そのときジルは、よく知った人たちが月桂樹のしげみをぬけて、こちらへ駆けてくるのを見た。いじめっ子たちがせいぞろいしていた——アディラ・ペニファーザー、チャムリー・メイジャー、イーディス・ウィンターブロット、「スポティ」・ソーナー、ビッグ・バニスター、それから、嫌らしいふたごのギャレット。ところが突然、いじめっ子たちは足をとめた。顔つきが変わり、卑劣さも、うぬぼれも、残酷さも、卑屈さも、恐怖の表情のなかに消えさった。塀が倒れ、その裂け目に、子ゾウぐらい大きいライオンが横たわっているうえに、きらびやかな服を着た三人の子どもたちが、武器をふりかざして、こちらへむかって駈けおりてくるではないか！　アスランの力を得て、ジルは女の子たちに鞭を当てたし、カスピアンとユースタスはその剣の平を男の子たちにじょうずに当てたので、いじめっ子たちはみんな、大あわてで、「人殺し！　ファシスト！　ライオンなんてずるいぞ！」と、さけびながら逃げていった。それから、校長先生（女の校長先生だった）が、なにが起こっているのかを見に、駈けつけた。そして、ライオンと、こわれた塀と、カスピアンとジルとユースタス（校長先生には、だれだかわからなかった）を見ると、ヒステリーを起こして、校舎にもどり、警察に電話をして、ライオンがサーカスから逃げただの、脱走犯が塀をこわして抜き身の剣を持っているだのと言った。そうしたさわぎのなかで、ジルとユースタスはそっと寮にもどり、そのかがやく服をぬいで、ふつうの服に着替えた。カスピアンは、自分の世界へもどっていった。塀は、アスランのひとことによって、ふたたびもとにもどった。警察が到着し、ライオンもいなければ、塀もこわれておらず、脱走犯もおらず、校長先生のようすがおかしくなっていたので、いろいろと取り調べがおこなわれた。その捜査によって、実験校のいけないところがすっかり明るみに出て、十人ほどが退学になった。そののち、校長先生が校長として役に立っていないとわかったので、友人たちが校長先生をほかの校長先生たちを取りしまる監督にしたのだが、それもあまりうまくいかなかったので、国会議員にしてみたところ、国会議員としていつまでもしあわせに暮らした。ユースタスは、ナルニアのきらびやかな服を、ある晩、学校の校庭にうめたが、ジルはこっそり家に持ち帰って、そのつぎの休暇の仮装舞踏会で着た。そののち、実験校ではいろいろな改善が施されて、とてもよい学校になった。そして、ジルとユースタスは、いつまでも仲のよい友だちでいた。

はるか遠くのナルニアでは、リリアン王が父親の航海王カスピアン十世の葬儀をおこない、しめやかにその死を悼んだ。新しい王は、ナルニアをりっぱに統治し、この王の時代、ナルニアはしあわせだった。ただし、沼むっつり（足は三週間で完治した）は、「いい時代というものは、つづきませんよ。午前は晴れても、午後には雨が降ることだってありますからね」などと言うのだった。例の斜面の穴は、そのままにされ、暑い夏の日々などには、ナルニア人たちが舟とランタンをもって大勢で穴の底におりていって、地中の冷たくて暗い海に舟を浮かべ、歌を歌ったり、まだずっと奥底にある都の話を語りあったりした。みなさんも、ナルニアに行く機会があったら、そのほら穴をのぞいてみるのを、どうぞ忘れないように。

訳者あとがき

本書は、実は『馬と少年』のあとに執筆された五番目のナルニア国物語（原題は*The Silver Chair*）であるが、『夜明けのむこう号の航海』（初版一九五二年）につづいて四番目の作品として翌一九五三年に刊行され、『馬と少年』はさらにその一年後の刊行となった。おそらくユースタスの再登場による物語の連続性を重視して刊行順を調整したのであろう。訳稿は、角川つばさ文庫より『ナルニア国物語 ④銀のいすと巨人の都』として刊行したものに大幅な改訂を施して作成した。

まず本書について大きく誤解されてきたのではないかと思われる点について述べておきたい。以下はネタバレになるので、本書を読み終えた読者のために記すものである。

本書のこれまでの代表的な解釈として、C・S・ルイス研究の大御所として高名なピーター・J・シャケル教授とチャールズ・ハター教授（ともにミシガン州のホープ・カレッジ名誉教授であり、共編著もある）の解釈を確認してみよう。まず、シャケル教授はその著書にこう記している。

「四つのしるしはジルにとって、イスラエルの民にとっての律法の言葉のように、導きと方向付けの源となり、ジルはそれを常に目の前に置かなければならない。〔中略〕ジルはユースタスと同様にアスランの息によって無事に運ばれて、ユースタスに追いつく。

　ユースタスは、アスランがなにをジルに告げたか知らないため、目の前で船に乗ろうとしている老いて衰弱した王がユースタスの友のカスピアンであることに気づかず、ふたりは早くも最初のしるしをしくじってしまう。〔中略〕

『きらめくような緑の長いドレスをなびかせ』た美しい貴婦人が、黒い鎧（よろい）に身をかためた騎士と馬でやってきて、ハルファングのやさしい巨人たちの城に冬のあいだ宿泊を、あるいは少なくとも一休みだけでもしたらどうかとすすめ、『熱いおふろもあれば、やわらかいベッドも』あるし、一日四食のごちそうも出ると誘う。〔中略〕子供たちは、くつろげるという誘惑に屈してしまい、警戒を解いて、その平たい丘の上の廃墟（はいきょ）の都の四角や長方形につまずきながら、第二のしるしもしくじり、例の書かれたメッセージである第三のしるしもしくじるのだ」(Peter J. Schakel, *The Way into Narnia: A Reader's Guide* (Cambridge: Eerdmans, 2005), pp. 73-75)。

　第一から第三のしるしをしくじるという説明だったが、念のために、四つのしるしを確認しておこう（本書33ページ参照）。

第一のしるし——ユースタス少年がナルニアに足を踏み入れたらすぐに、ある年老いた親愛なる友に会うだろう。少年は直ちにその友に挨拶をしなければならない。そうすれば、きみたちふたりは、よい助けが得られるだろう。

第二のしるし——ナルニアから出て、北へむかい、古(いにしえ)の巨人たちの廃墟の都へ行きなさい。

第三のしるし——その廃墟の都で、岩に刻まれた言葉を見つけ、その言葉のとおりにしなさい。

第四のしるし——わが名アスランの名にかけてなにかをしてほしいとたのむ最初の人と出会えば、それが求める王子である。

さて、どうだろうか。標準的解説書とも言うべきシャケル教授の本にあるように、子どもたちは最初の三つのしるしをしくじって、四つめのしるしでようやくきちんと対応したと、みなさんもお考えになるだろうか。

たぶん、みなさんが素直であればあるほど、そのように考えるのではないだろうか。なにしろ、本書にもそのように書かれているのだから。

ユースタスが遠くから見た年老いた王さまがカスピアン王であったとわかったとたん、ユースタスは顔色を変え、ジルは「アスランが言ったように、あんたは昔の友だちに会ったんだから、すぐに話しかけなきゃいけなかったのよ。だけど、そうしなかったから、最初からなにもかもおかしくなっちゃった」(55〜56ページ)と言い、フクロウのグリムフェザーでさえ「すぐに王さまに話しかけてさえいたら。王さまはすべて手配なさって、たぶん王子捜索のために、軍隊をつけてくださっただろうにのう」(66ページ)と言うのだから、ユースタスがしくじったと思うのも無理はない。

しかも、第二のしるしにしたがう代わりに、沼むっつりの反対をさえぎって子どもたちは巨人の城へ行って、その結果危うく食べられそうになってしまうわけだし、そのあと窓から「見ヨ、ワガ下ニ」という文字を見たときに、「二つめと三つめのしるしをやりそこなっちゃったね」(133ページ)とユースタスは言う。いよいよ四つめのしるしを前にして沼むっつりは、「これまですべてしくじってきたからね」(180ページ)と言うし、かてて加えて、作者自身も「もうすでに三つのしるしをだいなしにしてしまっているのだ。四つめをしくじるわけにはいかない」(185ページ)と言うのだ。

ここまで何度も「三つのしるしをしくじった」と念を押されているのだから、そう解釈するのは当然のようにも思われる。だが、本当にそうだろうか。

もうひとりのナルニア研究の大御所チャールズ・ハター教授の論考にはこうある。

「子どもたちは最初の二つの手がかりを守りそこね、三つめもしくじりかける……〔中略〕カスピアンが年をとっていたために、ジルとユースタスが最初のしるしをしくじってしまい、そのために『よい助け』が得られなかった……〔中略〕そうした失敗は致命的ではない」(Charles A. Huttar, "The Art of Detection in a World of Change: *The Silver Chair* and Spenser Revisited," *Mythlore*, 32.2 (2014): 139-66 (pp. 143-145))。

ここまではハター教授も同僚のシャケル教授と同じ論調なのだが、魔女が倒れて最終的に大団円になるという流れになったところで、あまり詳細な説明のないまま「アスランの四つのしるしは、しかしながら、すべて実現されているのだ」と結論付けている（同書 p. 159）。

えっ、ハター教授、どっちなんですか。三つのしるしを失敗したという解釈でいいんですか、それとも四つともすべて実現されているんですか？

このあたりから、大御所に頼らず、自分たちで考えてもいいだろう。

重要な手がかりとなるのは、「アスランの指示は、つねにうまくいきますからね。例外なしに」（136ページ）という沼むっつりの言葉ではないだろうか。この言葉を額面どおりに受け取るなら、アスランの指示は例外なしに、四つともうまくいっているはずではないのだろうか。

第一のしるしからもう一度正確に確認しよう。「ユースタス少年がナルニアに足を踏み入れたらすぐに、ある年老いた親愛なる友に会うだろう」の「会う」の原語は meet だ。meet とは日本語の「会う」と同じで、遠くから「見る」(see) のとはちがう。老いたカスピアン王はユースタスの存在に気づいていないのだから二人は会っては（meet）いないのである。では、ユースタスがナルニアに足を踏み入れてすぐに会ったのはだれか。ユースタス少年がナルニアに足を踏み入れたとたんに出会ったのは、フクロウのグリムフェザー、そしてこびとのトランプキンだ。しかし、どちらもユースタスにとっては初対面であり「昔の友だち」ではない。

ここでアスランの言った言葉の原語を確認する必要がある。

he will meet an old and dear friend

これをどう訳すか。

「彼は昔のなつかしい友に出会うだろう」と訳すことができる。そういう意味でとったからこそ、ジルはユースタスに「あんたがナルニアで最初に見る人は昔の友だちで、すぐにその人に話しかけなければいけない」（44ページ）と言うのだ。

しかし、oldには「昔の」という意味のほかに、「年老いた」という意味もある。

年老いたディア・フレンドとは？

こびとのトランプキンは「国王と同じぐらい年寄り」（42ページ）であり、そして彼の愛称が「親愛なる小さなお友だち（ディア・リトル・フレンド）」であったことを思い出そう（『ナルニア国物語2 カスピアン王子』120ページ）。

第一のしるしとは「年老いたディア・フレンドに挨拶をすれば、ジルとユースタス

「沼むっつり」というものだった。そして、ふたりは「沼むっつり」という助っ人――彼が「よい助け」であることは本書を読めば確信できる――を得ているのであるから、「年老いたディア・フレンド」はトランプキンだと解釈するしかないのではないだろうか。そうでないと、「沼むっつり」というよい助けが得られた理由がわからなくなる。

「巨人たちの廃墟の都へ行きなさい」という第二のしるしにしても、魔女の誘いに乗って、行かなくてもいいハルファングの館へ行ってしまったときは「失敗した」と思うかもしれないが、結果として「巨人たちの廃墟の都」へは（そうと気づかぬうちに）行ったわけだし、第三のしるしについても、「まちがえて、落っこちちゃった」（157ページ）にせよ、岩に刻まれた言葉のとおりに地下世界へ行ったのだから、どちらもやるべきことはやったと言えるのではないか。

結果として、子どもたちは、実はしるしをすべてきちんとこなしているのだ。

ハター教授が「アスランの四つのしるしは、しかしながら、すべて実現されているのだ」と記しているのは、そういう意味だろう。「ナルニア」のファンサイト（https://narnia.fandom.com/wiki/）の「しるしの解釈（Interpreting the Signs）」にも「その旅路において子どもたちは自分たちが四つのしるしをしくじったと信じているが、実際はそうと気づかぬうちに四つとも実現してきたのである」とあるのも、こうした解釈に基づくと考えられる。

　しるしをしくじったのか、しくじっていないのか、どちらと解釈するかはきわめて重要だ。子ども時代は、私たちはまわりの意見にどうしても左右されてしまう。おまえがしくじったのだとみんなが言えば、どうしたって自分を責めてしまう。親や教師から叱られれば、自分はだめだと思い込んでしまう。友だちから好かれなければ、自分なんかいなくてもいいと思ってしまう。

　だが、本当にそうなのだろうか。

　この物語の最も重要なところは、ものごとは見た目どおりではないということにあるのではないだろうか。失敗したと思いこんではいけないのだ。素直な人ほど、つい自分を責めてしまう。

　だめだだめだと言われている子が結果を出すという話はつぎの『馬と少年』の主題でもある。人間はつい弱気になりがちだが、神さまはその先までごらんになっていて、決して「だめだ」などとおっしゃらない。私たちは信じて自分の道を進むよりほかないのだ。

　大切なことは、人の言うことにまどわされず、自分を信じること。本書がいちばん伝えたいのはそのことではないだろうか。それは人生の生き方のみならず、学問にも当てはまる。シェイクスピア研究においても大御所の言うことが必ずしも正しいとはかぎらないという先例がある。(たとえば拙著『シェイクスピアの正体』新潮文庫の第三章を参照されたい。)これまでの解釈に頼るのではなく、自分の頭でしっかり考えることが大切なのだ。

※　※　※

C・S・ルイスが英文学教授であったがゆえに、本書には膨大な先行文学との関連がある。この訳者あとがきに収まりきるものではないので、ここには主だったところだけを記しておく。

まず、銀の椅子だが、これは地下の世界に捕らえられたテーセウスとペイリトオスが座らせられていた《忘却の椅子》がモデルだ。この椅子に座るとすべてを忘れてしまうという。ヘラクレスが冥界へ降りてこの椅子からテーセウスを救出したが、ペイリトオスは救出できなかったと言われている。

子どもたちが地下の女王と対決する構図は、ヘラクレスが冥界の神ハーデースと対決する構図と重なる。ハーデースの王妃ペルセポネー(プロセルピナ)は、女性として「緑の衣の貴婦人」のイメージと重なる。

《緑の衣の貴婦人》(その正体は緑の蛇)は、サタンの表象である。ジョン・キーツがその物語詩「レイミア」で緑の衣の貴婦人の正体が蛇であるとしていることや、コールリッジがその詩「クリスタベル」で美しい魔女をやはり蛇と関連づけていることを踏まえている。

エドマンド・スペンサーの『妖精の女王』で赤十字の騎士が戦う相手が、半分は蛇、半分は美女の姿をしている（第一巻第一歌第十四連）こととも関連するし、ジョン・ミルトンの『失楽園』でも同様の蛇の化身の魔女が描かれる（第二巻六五〇～三行）。また、『失楽園』におけるサタンの変貌の描写は本書の緑の衣の貴婦人の変貌（２０２ページ）と酷似しているとの指摘もある。宮西光雄訳『ミルトン英詩全訳集』下巻（一九八三年、金星堂）より引用する。

　両腕は肋骨に押しつけられ、脚は両方とも、互いに
絡みあって、ついに足ばらいにかかって、ぶっ倒れ、
巨大な蛇となって、腹這いとなり、踠き抗うけれど、
どうにもならなかった……　（第十巻五一二～五行）

　この緑の魔女は第一巻に登場する白の魔女の仲間（本書２４７～２４８ページ参照）だが、別人である。ルイスは、白の魔女について、ギリシャ神話における魔女キ

ルケでもあれば、アリオストの叙事詩『狂えるオルランド』に登場する圧倒的に美しい魔女アルチーナでもあり、ある種の元型（アーキタイプ）なのだと、一九五四年七月三十日付W・L・キンター宛ての手紙に記している（Donald E. Glover, *C. S. Lewis: The Art of Enchantment* (Ohio: Ohio University Press, 1981), p. 36）。C・S・ルイス自身が『ライオンと魔女と洋服だんす』90ページで、白の魔女はアダムの最初の妻だった魔女リリスの血を引いているとしているが、ルイスが師匠と仰ぐジョージ・マクドナルドの『リリス』（一八九五）が描く魔女のイメージも踏まえているのだろう。

したがって、本書の緑の魔女（「エメラルドの魔女」とも呼ばれる）についても、スペンサーやミルトンの描いた蛇の化身の魔女を踏まえた元型（アーキタイプ）なのだと結論づけることができよう。

本書は、最終的に『銀の椅子』という題名に落ち着くまで、『ナルニアの下の夜』、『荒野の国』、『ナルニアの下のこびとたち』、『ナルニアの下の知らせ』など地下世界をイメージさせる題名も考慮されていたが、それというのもウェルギリウスの『アエネーイス』同様の冥界（地下世界である死者の国）巡りが主題だからだ。とくに「落ちる者数多（あまた）あれど、太陽かがやく国へもどる者少なし」とくり返される台詞（せりふ）は、『アエネーイス』第六巻一二七～八行のジョン・ドライデン訳「地下への降り道は容易だが、明るい空へと戻るのは難業なり」を踏まえているとされる。本書で地下の世界に入ると、死んだ獣が多数横たわっている描写も『アエネーイス』を反映しているとされる（A.T. Reyes, ed., C. S. *Lewis's Lost Aeneid* (New Haven and London: Yale University Press, 2011) 参照）。妻エウリュディケーが毒蛇に咬まれて死んだとき、夫オルペウスが冥府に下って妻を取り戻そうとしたというギリシャ神話も、カスピアン王の王妃が毒蛇に咬まれて死に、そのかたきを討とうとした王子が地下世界にとらえられ、子どもたちが地下世界へ下って王子を奪回するという本作と呼応している。

同様に、本書にホメロスの『オデュッセイア』の影響があることも夙に指摘されており、とくにアスランが与える四つのしるしのうち三つは、『オデュッセイア』第十歌において冥界へ旅立つオデュッセウスにキルケが与える指示に対応していると言われる。以下、セントラル・コネチカット州立大学助教授アマンダ・グリーンウェルが旧姓で発表した論考（Amanda M. Niedbala, "From Hades to Heaven: Greek Mythological Influences in C. S. Lewis's *The Silver Chair*," *Mythlore*, 24.3 (2006): 71-93）にしたがって類似を確認しておけば、第一のしるしは、オデュッセウスがテーバイの盲目の予言者テイレシアスを訪ねよという指示に相当し、第二のしるしは、キルケの言う「船は北風の息吹きが運んでくれるから、そなたは冥界の暗渠の館へ入ってゆきなさい」に対応する。第三のしるしは、予言者テイレシアスの指示に従えとするキルケの命令に対応する。第四のしるしだけが『オデュッセイア』に対応のない、C・S・ルイスが加えた新たな指示であり、ここにキリストに救いを求める意義が加えられているとされる。

だが、本書では、死者の国は地下世界ではない。そこは重要なポイントだ。ほかの『ナルニア国物語』では、扉をあければそこはナルニアという展開が多いが、本書ではちがう。ジルとユースタスが学校の塀の扉をあけたとき、そこはナルニアではなく、アスランの国なのだ。「ナルニアのある世界の果ての、さらにむこうにあるあの高い山の上」（259ページ）であり、それは前巻『夜明けのむこう号の航海』の最後でリーピチープが消えていったアスランの国だ。そこは天国であると同時に死者の国なのであり、だからこそ、最後に再びその山の上にもどっていったとき、死んだはずのカスピアン王と出会うのである。ジルとユースタスは生きながらにして、天国を経験したということになる。

いずれ私たちは、そこへ行くことになる。そこは雲よりはるかずっと上にあるのだ。

そう考えると、はるかずっと下で生きているときの私たちのつまらない失敗など、あまり気にしてもしかたないという気にならないだろうか。

「しるしをしっかりと心に刻んで、それを信じなさい。そのほかのことは気にしなくてもよい」（35ページ）というアスランの教えは深い意味をふくんでいるように思える。人生を終えるまでに大切なことができたかどうかが重要であって、そのほかのことは気にしなくてもよいと思えたら、とても積極的な生き方ができるのではないだろうか。
あなたは、なにをしるしとして生きますか？

二〇二一年一月

河合祥一郎

本書は二〇一八年十一月に小社より刊行された角川つばさ文庫（児童向け）を一般向けに加筆修正したうえ、新たに文庫化したものです。

本書には、一部差別的ともとれる表現がふくまれていますが、作者が故人であること、作品が発表された当時の時代背景、文学性や芸術性などを考慮し、原文をそのまま訳して掲載しています。

（編集部）

本文挿絵／ソノムラ

新訳
ナルニア国物語 4
銀の椅子

C・S・ルイス　河合祥一郎＝訳

令和3年 2月25日　初版発行
令和6年 10月30日　6版発行

発行者●山下直久

発行●株式会社KADOKAWA
〒102-8177　東京都千代田区富士見2-13-3
電話　0570-002-301（ナビダイヤル）

角川文庫 22564

印刷所●株式会社KADOKAWA
製本所●株式会社KADOKAWA

表紙画●和田三造

●お問い合わせ
https://www.kadokawa.co.jp/（「お問い合わせ」へお進みください）
※内容によっては、お答えできない場合があります。
※サポートは日本国内のみとさせていただきます。
※Japanese text only

ISBN 978-4-04-109251-4　C0197

角川文庫発刊に際して

角川源義

第二次世界大戦の敗北は、軍事力の敗北であった以上に、私たちの若い文化力の敗退であった。私たちの文化が戦争に対して如何に無力であり、単なるあだ花に過ぎなかったかを、私たちは身を以て体験し痛感した。西洋近代文化の摂取にとって、明治以後八十年の歳月は決して短かすぎたとは言えない。にもかかわらず、近代文化の伝統を確立し、自由な批判と柔軟な良識に富む文化層として自らを形成することに私たちは失敗して来た。そしてこれは、各層への文化の普及滲透を任務とする出版人の責任でもあった。

一九四五年以来、私たちは再び振出しに戻り、第一歩から踏み出すことを余儀なくされた。これは大きな不幸ではあるが、反面、これまでの混沌・未熟・歪曲の中にあった我が国の文化に秩序と確たる基礎を齎らすためには絶好の機会でもある。角川書店は、このような祖国の文化的危機にあたり、微力をも顧みず再建の礎石たるべき抱負と決意とをもって出発したが、ここに創立以来の念願を果すべく角川文庫を発刊する。これまで刊行されたあらゆる全集叢書文庫類の長所と短所とを検討し、古今東西の不朽の典籍を、良心的編集のもとに、廉価に、そして書架にふさわしい美本として、多くのひとびとに提供しようとする。しかし私たちは徒らに百科全書的な知識のジレッタントを作ることを目的とせず、あくまで祖国の文化に秩序と再建への道を示し、この文庫を角川書店の栄ある事業として、今後永久に継続発展せしめ、学芸と教養との殿堂として大成せんことを期したい。多くの読書子の愛情ある忠言と支持とによって、この希望と抱負とを完遂せしめられんことを願う。

一九四九年五月三日

ナルニア国物語5巻のお話は…

つぎの物語の舞台は、ルーシーたち兄弟姉妹がナルニアの王と女王として王座についていた時代。

カロールメン国の少年シャスタは、自分を殴る父親にいつもこき使われてきた。ところが、その父が自分を人買いに売ろうとしていること、そして自分は父の実の子ではなく拾われてきたナルニア国の子どもだと知り、逃げだす。いっしょに逃げてくれたのは、口をきく馬ブリー。道連れとなったのは、貴族の娘アラヴィス。嫌な結婚をさせられそうになって、口をきく馬フインに乗って家出したところだった。シャスタたちは、ナルニアを目指して旅をつづける。

やがて、カロールメン国のナルニアへのひそかな攻撃計画があることを、思いがけず知ってしまう。英雄王ピーターに伝えなければ――。シャスタたちは必死で旅路を急ぐが……。

2021年7月
発売予定

新訳 ナルニア国物語 5
馬とその少年（角川文庫）
C・S・ルイス　訳／河合祥一郎

角川文庫海外作品

不思議の国のアリス

ルイス・キャロル
河合祥一郎＝訳

ある昼下がり、アリスが土手で遊んでいると、チョッキを着た兎が時計を取り出しながら、生け垣の下の穴にぴょんと飛び込んで……個性豊かな登場人物たちとユーモア溢れる会話で展開される、児童文学の傑作。

鏡の国のアリス

ルイス・キャロル
河合祥一郎＝訳

ある日、アリスが部屋の鏡を通り抜けると、そこはおしゃべりする花々やたまごのハンプティ・ダンプティたちが集う不思議な国。そこでアリスは女王を目指すのだが……永遠の名作童話決定版！

新訳 ハムレット

シェイクスピア
河合祥一郎＝訳

デンマークの王子ハムレットは、突然父王を亡くした上、その悲しみの消えぬ間に、母・ガードルードが、新王となった叔父・クローディアスと再婚し、苦悩するが……画期的新訳。

新訳 ロミオとジュリエット

シェイクスピア
河合祥一郎＝訳

モンタギュー家の一人息子ロミオはある夜仇敵キャピュレット家の仮面舞踏会に忍び込み、一人の娘と劇的な恋に落ちるのだが……世界恋愛悲劇のスタンダードを原文のリズムにこだわり蘇らせた、新訳版。

新訳 ヴェニスの商人

シェイクスピア
河合祥一郎＝訳

アントーニオは友人のためにユダヤ商人シャイロックに借金を申し込む。「期限までに返せなかったらアントーニオの肉１ポンド」を要求するというのだが……人間の内面に肉薄する、シェイクスピアの最高傑作。

角川文庫海外作品

新訳 リチャード三世
シェイクスピア
河合祥一郎＝訳

醜悪な容姿と不自由な身体をもつリチャード。兄王の病死をきっかけに王位を奪い、すべての人間を嘲笑し返そうと屈折した野心を燃やす男の壮絶な人生を描く、シェイクスピア初期の傑作。

新訳 マクベス
シェイクスピア
河合祥一郎＝訳

武勇と忠義で王の信頼厚い、将軍マクベス。しかし荒野で出合った三人の魔女の予言は、マクベスの心の底に眠っていた野心を呼び覚ます。妻にもそそのかされたマクベスはついに王を暗殺するが……。

新訳 十二夜
シェイクスピア
河合祥一郎＝訳

オーシーノ公爵は伯爵家の女主人オリヴィアに思いを寄せるが、彼女は振り向いてくれない。それどころか、女性であることを隠し男装で公爵に仕えるヴァイオラになんと一目惚れしてしまい……。

新訳 夏の夜の夢
シェイクスピア
河合祥一郎＝訳

貴族の娘・ハーミアと恋人ライサンダー。そしてハーミアのことが好きなディミートリアスと彼に恋するヘレナ。妖精に惚れ薬を誤用された4人の若者の運命は？　幻想的な月夜の晩に妖精と人間が織りなす傑作喜劇。

新訳 から騒ぎ
シェイクスピア
河合祥一郎＝訳

ドン・ペドロは策を練り友人クローディオとヒアローを婚約させた。続けて友人ベネディックとビアトリスもくっつけようとするが、思わぬ横やりが入る。思いこみの連続から繰り広げられる恋愛喜劇。新訳で登場。